모든 죽어가는 것을 사랑했다.

모든 죽어가는 것을 사랑했다.

발 행 | 2022년 09월 13일
저 자 | 박지연
펴낸이 | 한건희
펴낸곳 | 주식회사 부크크
출판사등록 | 2014.07.15.(제2014-16호)
주 소 | 서울특별시 금천구 가산디지털1로 119 SK트윈타워 A동 305호
전 화 | 1670-8316
이메일 | info@bookk.co.kr

ISBN | 979-11-372-9473-8

모든 죽어가는 것을 사랑했다.

박지연 지음

차례

프롤로그

내가 느껴오고 경험해온 나의 우울들이 담겨 이 책을 들여다보는 당신께 전달되기를 소망합니다, 희망찬 글들 속에 나는 계속해서 죽어갔기에, 나와 다른 이의 우울을 들여다보곤 왠지 모르는 위로와 그 글 속에 담긴 글들이 나를 안아주었습니다, 내 글 속 많은 이야기 중 이 글을 보는 당신께 작은 위로라도 건네질 수 있기를 간절히 소망합니다, 부족한 제 글을 읽어주셔서 감사합니다.

제 1장 나의 불안한 모습

늪

여름이 끝나간다, 여러 일들이 있었고 사소한 일들 하나 하나 적기엔 내게 시간이 부족했다.

예전엔 툭하면 우울의 잠겨 글을 적고는 했는데, 내가 감당할 수 없는 우울의 깊이와 파도가 밀려와, 지금 내가 느끼는 우울의 크기가 엄청나게 거대하지 않다면 이제는 대수롭지 않게 흘러간다.

그냥 자그마한 물살처럼, 그러고는 다시 혼자 여러 가지를 생각한다.

약이라도 먹어볼까, 내가 지금 느끼는 이 감정은 정말 우울감이라고 장담할 수 있는 것인가.

지금 내가 느끼는 이 더럽고 추한 감정이 우울함이 아니라면 이 감정을 어찌 표현해야 하는가.

잔잔함

나는 나의 이야기가 좋다.

오롯이 내 감정에 솔직한 나의 글이 좋다, 다시 한번 읽어보면 너무나도 생생한 감정이 올라와 그때 그 시절의 나만이 써왔던 그 글자들이, 나에겐 너무 애틋하고도 불쌍하다.

문득 어느 날 그런 생각이 들었다.

난 지금 괜찮은 것인가, 우울함보다 이 익숙해져 버린 공백이 너무나도 두렵고 무섭다.

어느 순간 너무나도 당연하고 아무렇지 않게 축축하고 무거운 우울감이 다시 자리를 잡을 것만 같았다.

다시 내 몸에 자리 잡은 그 우울감이 나의 귓가에 속삭인다, 넌 원래 이런 사람이라며, 행복 따위 바라면 안 되는 것이었다며 내 귓가에 속삭일까 봐 지금의 이 공백이 나를 미치게 만든다.

우울감이 잠시 잠잠한 것도, 너무 커져 버려 나를 삼키는 것도 무엇 하나 나를 편안하게 한 것은 없다, 나는 오늘 밤도 내일이 오지 않길 바라며 기도한다.

방관

나의 우울은 언제나처럼 내가 두려워하는 얘기들을 흘려
보내고 나를 지켜본다.

그 사람과의 관계는 영원하지 않다, 언젠가는 추억이 되
어 깊은 곳 한편의 자릴 잡을 내 소중한 사람. 그 사람이
추억이 되어버린다면 나는 그 사람을 추억으로 바라볼 수
있을까, 지금 나를 지켜보고 있는 우울은 그때의 나를 더
욱더 깊은 곳으로 끌어내릴지도 모른다.

그 속의 나는 허우적거리지도 못한 채 몇 날, 며칠, 몇 년
을 극심한 우울증에 빠져 있을지 모를 불안감을 나에게
쥐여주었다.

차라리 더 많은 추억들을 만들까 보다, 들여다보기만 해
도 가슴이 메어오도록 눈이 멀어 다시는 누구를 사랑할
수 없도록, 이 불안감을 품고 나는 나 스스로가 만들어
낸 늪으로 걸어간다.

외침

어디선가 이런 문장을 봤다.

"신이 계신다면 제게 아무것도 주지 마시고, 아무것도 가져가지 말아 주세요"

이 문장을 보곤 나는 이런 생각이 들었다.

나에겐 아무것도 주지 않으시기엔 내가 너무 안쓰러웠는지, 나에게 가끔의 행복을 주시곤 도로 가져가시다니, 참으로 이기적이지 아니한가.

행복을 쥐여줘 놓곤 주제에도 맞지 않은 감정을 들게 하여 나란 사람도 행복할 수 있구나, 라는 생각을 심어 주시고는 그렇게 무겁고 아픈 감정을 돌려주시다니요.

내 미천한 눈으로는 보이지 않기에 저는 어디를 붙잡고 울음을 터트려야 할지 모르겠습니다, 제가 감당할 수 없는 것을 주셨으면, 이겨내는 방법이라도 알려주시지 참으로 이기적인 분이십니다.

나는 이겨낼 수 없습니다, 배워 본 적도 들어 본 적도 없기에 차라리 내가 불쌍하고 안쓰럽게 여기신다면 나를 거두어 주세요.

역겨움

침수된 기분이다, 물을 너무 많이 마셔버려 토하기만 하는 기분이다.

속이 울렁거린다, 수많은 불쾌한 감정들이 속에서 뒤엉켜 나를 덮쳐 온다, 이런 감정은 내가 아주 잘 아는 감정이다, 이것은 나의 우울이다.

그것도 나 스스로 만들어 낸 오롯이 내 선택으로 만들어진 감정과 내 우울이다, 더럽고 역겨움에 구토가 나오는 걸 막아보려 하지만 속에서 뒤엉킨 덩어리를 막지 못한 채 쏟아내고 만다.

선택하지 않을 수 있었다, 하지만 나 스스로가 선택했고 같잖지 않은 이유로 포장하다 다시 망가져 버린다, 스스로가 우울을 키워냈다, 그 누구도 탓할 수 없기에, 다시 생각을 꺼내는 것만으로도 속이 메스꺼워진다.

우울함이 찾아왔다, 조금 편안해진 나의 세계에 나 스스로가 떨어져 위를 쳐다본다, 내가 딛고 있는 이곳이 늪이 아니길, 차라리 바닥으로 끝나길 나는 간절히 빌어본다.

나 스스로가 키워낸 우울감이 두렵다고 한들 나 자신을 원망하여도 그것은 나 자신이다, 나 자신에게 우울을 선사하였다, 너무나도 부끄러워 나 자신을 볼 수 없다.

회개

집으로 가던 길 뭔지 모를 울렁거림이 나를 덮쳤다, 나 자신이 이리도 역겹고 더러운가, 그래서 자꾸만 이리 모든 것을, 다 게워내고 싶은 것인가.

사람들은 신께 기도하여 자신의 죄를 회개하여 달라 목놓아 울며, 자신을 어루만지고 자신의 죄를 씻어 달라고 신께 기도한다, 그 신께선 한없이 깨끗하여 더러움으로 가득 찬 사람을 만지는 것만으로, 그 역겹고 더러운 것이 사라진다고 믿는 것일까.

어린 시절의 난 이해가 가지 않았다, 지금의 난 이런 생각이 든다, 나의 더러움과 역겨운 악취를 참을 수 없으니 누구라도 붙잡아 나의 죄를 묻히려는 것이 아닌가.

그 수많은 사람의 죄를 어루만져 준 신께선 깨끗한가, 그 신께서 날 만져 준다면 난 깨끗해지는 것인가.

내가 나를 죽였다, 감히 누굴 탓하겠나, 나 자신도 내 입으로 나오는 단어 하나하나가 너무도 부끄러워 내 입을 막고 도망을 친다.

이런 나 자신을 어찌 사랑하란 말인가, 나 스스로 우울을 향해 걸어가는 꼴이 참으로도 우습다.

기만

나는 항상 말 같지도 않은 개소리를 늘어놓는 인기 도서 칸에 있는 책들이 너무나도 싫었다.

물론 그런 글들의 위로를 받는 사람이 있겠지만, 나와 같이 느끼는 사람도 있을 것이다, 이미 더럽고 추한 내 우울함을 이기고 힘차게 일어나라니, 말 같지도 않은 소리다.

일어날 수 있었으면 이미 난 행복해야지, 다음 날 아침이 오면 괜찮아질 거란 문장을 보곤 헛웃음이 났다, 다음 날 아침이 오지 않길 바라는 나에겐 비참했다, 자신을 사랑하라니 어떻게 하면 나 자신을 사랑할 수 있는가.

나는 나를 사랑할 수 없다, 내 우울은 사라지거나 나아지지 않는다, 잠시 잠잠했던 감정이 다시 파도처럼 밀려온 것이다, 나는 제발 나의 우울함이 조용히 지나가기만을 간절히 비는 것밖에 할 수 없다.

나에게 행복이 온다 한들 나는 하루하루가 불안하고 무섭다, 이런 나에게 그런 희망찬 글들은 기만이자 더 큰 우울감으로 다가온다.

메마름

어느샌가부터 감정들이 느껴지지 않았다, 무얼 해도 행복하지 않았고, 힘들어도 눈물이 나오는 일도 없었다.

그렇다고 딱히 우울하지도 않았다, 살아있지만 마치 내가 죽은 것만 같았다, 아무것도 느껴지지 않았고 숨만 쉬며 살아가고 있었다.

공허했다, 아무것도 없는 공허함이 미치도록 싫었다, 무언가를 채워야만 할 것 같은 기분이었고, 어느 날은 먹을 것을 잔뜩 사서 집으로 돌아와 입에 욱여넣었다, 뭐라도 채워질까 계속해서 넣고 또 넣었다, 그러다 보니 턱 끝까지 차오른 음식을 삼키지 못한 채 게워냈다.

당연하게도 내 속에 공허함은 그대로였고, 시간이 지날수록 나는 피폐해져 갔다, 차라리 감정의 못 이겨 목 놓아 울고 싶었다.

우울함도, 행복감도 느끼지 못한 채 나는 차라리 우울해지고 싶었다, 무언갈 느끼고 싶었고, 계속해서 갈구했다 마셔도 마셔도 없어지지 않는 갈증 같았고, 그렇게 내 감정은 계속해서 메말라갔다.

나의 우울함은 사라졌지만, 나는 공허함 속에 홀로 앉아 목이 쉬도록 외치고 있었다.

혈혈무의

이제는 내가 힘들다고 입에 담는 것조차 지겹고 싫증이
난다, 누구든 나를 안아줬으면, 너무 외롭다.

미치도록 외롭고 쓸쓸하다, 아직도 허황된 사랑이란 것에,
발이 묶여 있는 것은 아닐까. 나는 아직 다른 사람을 사
랑하지 못한다, 나는 아직도 사랑했던 추억만을 꺼내 보
며 눈이 먼 채로 내가 느꼈던 그 감정을 찾다 포기한다.

새로운 사람을 만나 교류하고 연을 맺는 것이 역겨워지려
고 한다, 자꾸만 생각이 난다. 그들의 더러움이, 분명 나
는 이러지 않았는데 무엇이 나를 망쳐 놨을까, 분명 예전
의 사랑을 하던 나는 예쁘고 아름다운 감정이라고 생각했
는데.

지금은 한없이 두렵고 무섭다, 말로는 이리 말하면서 외
롭다고 말하는 꼴을 보니 다시 한번 내가 어떤 사람인지
분명해지는 듯한 기분이다.

아무나 붙잡고 사랑을 갈구하고 싶다, 나조차 사랑하지
못하는 나를 사랑해 달라며 애원하고 싶다.

나로서는 내 안에 텅 빈 이 공허와 외로움을 채울 수 없
다.

나약함

차라리 내게 죽을 용기라도 있었으면, 모든 연락을 끊고 홀로 우울감에 빠져 죽을 용기로 한 번에 끝내버렸으면 좋았을걸.

이런 이유도 모를 우울감으로 혼자 긴 시간을 보내며 죽을 용기조차 하나 없다니, 들여 다 볼수록 나약한 사람이었구나.

날마다 죽고 싶다 빌어봐도 나 스스로 목숨을 끊을 용기조차 없는 무능하고 나약한 사람.

불면증

지겹도록 끊기지 않는 악연 같은 불면증이 다시 도졌다.

날이 밝아 오는 것을 봐도, 피곤함에 찌든 몸을 지니고도 잠이 오지 않는다, 머릿속은 너무 시끄러워 미칠 것 같았다.

수많은 말소리, 시끄러운 음악 소리, 귓가에 속삭이는 듯한 말들, 다른 사람에겐 들리지 않는 이 소리는 잠이 들지 못하는 나를 더욱 미치게 만든다.

편안하게 아무 소리도, 악몽도 꾸지 않은 채 잠이 들고 싶다, 눈을 떴을 때 울고 있지 않기를 바라며.

하루의 시작을 울면서 눈을 뜬 나는 하루의 시작부터 최악이었다.

첩섭

길을 걸어 다니다 보면 주변 사람들이 날 쳐다보는 것만 같은 두려움의 손이 떨린다, 그 사람들의 동공이 내 목을 조여 오는 것 같아서 앞을 보지 않고 핸드폰을 들어 아무것도 없는 화면을 바라보며 걷는다.

그들의 눈을 보면 내 귓가에 말들을 속삭이는 것만 같다, 온갖 욕들과 나에 대한 평가, 날 바라보는 눈들이 내 속을 쥐어뜯어 버리는 것만 같은 기분이 든다.

아무래도 내 귓가에는 작디작은 악마가 살고 있나 보다 언젠가는 귓가에 사는 이 악마를 뜯어버려 아무것도 듣지 않고 아무것도 보지 말아야지.

검은 바다

제주도에 처음 갔던 날 처음 본 크고 광활한 바다를 보곤
그 자리에서 울어 버렸다.

생각만 해왔던 그 커다란 바다가 훨씬 크고 아름다웠기
에, 저녁에 보았던 바다는 검고 푸른빛을 띠고 있었고, 그
사이로는 새하얀 파도가 부딪히며 깨지고 있었다.

바다를 한참을 바라보다 보니 마음 한편이 아려왔다, 꼭
저 요동치고 있는 파도가 위로 올라오려 자신을 부수는
것만 같았었고, 어느 파도는 떠밀려 새까만 바위에 부서
졌다.

그 근처에 다가가면 나를 잡고 데려갈 것만 같아서, 그
검고 푸른 바다가 내 몸에 가득 찰 것만 같아 뒷걸음질을
치던 나였다.

내가 죽는다면 저 푸른 바다에 내 몸을 담가 눈을 감고
싶다.

구원

신께 아무리 나를 구원해 달라고 소리쳐도 내 손끝 하나 봐주지 않는다, 누구든 나를 구원해 주길 바란다.

나 자신이 너무나 보기 힘들다, 거울에 비친 형체를 바라보는 것이 너무 두렵다, 나 자신이 더럽고 추악해서 차라리 내 눈을 뽑아 작은 상자에 넣어 아무것도 보지 않았으면 좋겠다.

더 이상 내가 원치 않는 것을 바라보고 상처받고 싶지 않다, 보고 싶지도 듣고 싶지도 않다.

귓가에 들리는 속삭임보다 내가 직면하는 것이 진실이란 사실이 나를 미치게 한다, 나는 싫다. 알고 싶지 않았고 두렵고 무섭다.

제발 누구든 나를 구원해 주길, 거짓말이어도 괜찮으니 나에게 진실이 아니라고 속삭여 주길.

붉은

언제나 텅 빈 마음으로 칼을 가져와 내 팔을 그었다.

셀 수 없는 선들이 생겨났고 그사이로는 보석 같은 붉은 피가 바닥으로 떨어졌다, 아프지 않았고 딱히 별생각을 가지고 했던 행동이 아니었다.

상처가 아물기도 전에 나는 칼을 들어 난도질했고 벌어진 상처 사이로 느껴지는 맥박 소리에 잠이 들곤 했다.

상처 가득한 내 팔을 가려주는 이는 없었고, 대신 동물원 원숭이가 된 것처럼 나는 구경거리가 되었다.

날 바라보는 저 눈들을 내가 먹어 치워 버리고 싶었던 나날들이었다.

윤슬

바닷가에 앉아 바다를 보는 걸 좋아해 언제나처럼 근처에
앉아 일렁이는 바다를 보니 달빛에 비친 윤슬이 마치 바
다를 부숴 흩뿌려 놓은 듯했다.

나도 저기에 내 몸을 담가 달빛을 받으며 살아가고 싶었
다, 처음엔 손을 넣었더니 내 손은 지나가던 물고기들이
하나씩 내 손가락부터 가져가 버렸다.

그러고는 발을 담가 작은 돌멩이로 살과 뼈를 깎아 내 몸
을 온전히 바다에 담갔고 바다에 누운 채 내 남아 있는
몸들이 흩뿌려지는 걸 마지막에 남은 내 눈으로 지켜본
다.

물결에 따라 흘러 달빛에 비치는 내 몸들을 보며 처음으
로 나 자신이 아름다웠다며, 조그마한 눈망울을 마지막으
로 떠나보내며 바다에 잠겨 죽었다.

나에겐 과분했던 죽음이었다.

넝쿨

어둡고 어두운 동굴에 들어갔더니, 그곳은 넝쿨 밭이 있었다, 나는 호기심에 넝쿨 쪽으로 다가갔고 그 넝쿨들은 내 손과 발을 잘라버렸다.

그 넝쿨들은 점점 커지어 더 이상 넝쿨 더미가 아니었고 크고 더러운 덩어리로 변해갔다, 그 덩어리는 날 덮쳐 내 몸을 훑고 핥았다 그 기분은 감히 글자로도 표현하기도 역겨운 감정들로 뒤섞여 버려졌다.

그 덩어리가 날 만지고 갔던 자리는 지나간 곳마다 푸르스름하게 멍이 들었고 나는 바닥에 버려져 두려움에만 떨고 있었다.

난 이 더러움을 씻어내려 피부 가죽을 벗겨내 보아도 지나갔던 자리는 계속 까맣게만 변해갔다, 차라리 그 넝쿨을 없애버리고 왔다면 이 흔적이 사라졌을까, 하지만 난 그럴 힘이 없었기에 내 더러운 곳들을 칼로 도려냈다.

칼로 아무리 도려내 보아도 눈을 감으면 내 앞에 그것이 서 있었다, 나는 매일 죽어갔다.

칠흑

나 자신을 사랑하는 법은 무엇인가요.

내가 망가지지 않고 누군가를 사랑을 할 수 있나요.

우울의 끝은 있나요.

나는 왜 행복할 수 없는 거죠.
.

.

.

누구라도 답을 할 수 있으면 제발 나에게 알려주세요.
난 모든 것이 의문투성이인 사람입니다.

우울

우울하다, 끔찍하게 우울하고 질척이는 감정들로 뒤덮여
있다.

너무 우울해서 내 정신이 미쳐가는 과정이 느껴진다, 이
대로 가다간 정말 죽을 수 있겠다.
·
·
·

오만

이유 없이 퍽 우울해진 나에게 왜 우울한지 이유를 물어보는 사람은 수도 없이 많다.

"그냥, 그냥 아무 이유 없이 우울한 것뿐이야."

.

.

.

"그래도, 뭔 이유나 계기가 있을 거 아니야, 말해줘 괜찮아."

내 우울의 이유나 계기 따윈 없다.

괜찮다며 얘기하라는 당신의 발언에 너무 어이가 없어 헛웃음이 나온다, 만약 이유가 있는 우울이라 한들 누구 마음대로 괜찮고 아니고를 따지는 것인지.

그런 당신의 오만함이 난 지겹도록 싫다.

헤엄

물속에서 헤엄치는 게 좋다, 물속에선 오롯이 내 숨소리
만이 선명하게 들려오고 물결치는 그 차분한 소리가 날
진정시킨다.

물속에서 흩날리는 내 머리칼이 마치 물고기의 지느러미
처럼 보였다.

자유로워지고 싶었다, 유유히 헤엄치는 물고기들을 바라
볼 때면 물결을 따라 같이 따라가고 싶었다 아름다운 지
느러미를 늘어뜨리며 헤엄치는 그들은 너무나 자유로워
보였다.

언젠가는 저 바다에 들어가 내 일부여도 괜찮으니 저 물
고기를 따라가야지.

비로소 나도 자유로워질 수 있는 날이 올 것이라 믿는다.

이명

하루도 빠짐없이 이렇게 죽고 싶은 생각이 차오르다니.

어쩜 이리도 잔혹할까.

내 머릿속의 소리는 내가 사라져야 끝날 것만 같다.

썩은 통나무

나의 겉면만 보고 다가오는 사람들이 참으로 역겹다, 자기들 입맛대로 나를 판단하고 상상한 후에 내 모습을 보곤 내가 변했다고 떠들어 대는 모습이 고장 난 라디오보다 쓸모없는 소음만을 내뿜고 있다.

그들은 나의 모습에서 무엇을 바라보고 들었기에 그런 어처구니없는 자신만의 사상을 가지고 와서 나에게 다르다고 쏘아붙이는 꼴이라니, 난 전시된 작품도, 동물원의 원숭이도 아니다.

나를 그대로 봐주는 사람이 과연 몇이나 존재하고 있을지, 겉면의 모습을 뜯어내 보면 그 안은 이미 썩어 문드러져 벌레만이 가득한 모습이다.

그 어둡고 더러운 곳에 그 누가 자기 손을 넣어 더럽힐까.

마지막

내 욕심이지만 내가 죽은 장례식에 네가 와서 울어줬으면
좋겠다.
.
.
.

자신이 한 말들을 평생 곱씹으며 네 마음 한편에 자리 잡
길 저주해 본다.

진실 혹은 거짓

불행이 온 뒤엔 행복이 온다면서요.

행복이 온다면서, 온다고 했잖아요. 언젠가는 꼭 행복이
올 거라고.

차라리 불행하기만 한 사람이라 말해줬으면 이렇게 미련
하게 기다리지 않았을 텐데.

욕심

내 귓속에 살고 있던 작은 악마가 속삭였다, 저 나비를 먹으면 지금과는 달라질 것이라고.

나는 간절했기에 거짓이든 진실이든 나비를 찾으러 갔다 나비를 손에 쥐고선 내 입으로 가져가 입에 욱여넣었다, 몇 번이나 구역질이 나오는 것을 틀어막아서 끝까지 씹어 삼켰다.

그것은 내 속에서 날아다니며 나의 내장을 찢어놨고 나는 솟구치는 울렁임과 기분 나쁜 감촉에 소름이 끼쳤다 그 나비는 내 안에서 기생하며 알을 낳았고, 그것을 모조리 토해내니 수십 마리의 나비들이 사람들에게 붙어 내 안에 있는 우울을 심어놨다.

그들은 죽어갔다.

나의 일부를 먹고 자란 나비들이 그들에게 우울을 뿌려댔고 나로 인해 죽었다.

난 죽지 않고 살아있다, 그들이 미쳐가며 자살하는 과정을 바로 앞에서 바라보며 난 살아있다.

나는 내 눈과 귀를 뜯어 악마에게 던졌고 악마는 그것을 먹으며 웃음을 지어냈다.

착각

다른 사람도 아닌 너의 입에선 그 사람의 이름이 나오지
않기만을 바라왔다.

난 이제 담을 수도 없는 이름을 내 앞에서 아무렇지 않게
담지 말아줘라, 그 이름 석 자가 날 다시 잡고 바닥으로
내쳐버린다.

이런 날 보면서 너는 어떻게 그 이름을 입에 담을 수 있
는지 참으로 네가 원망스럽다.

안개

내가 느끼는 감정에 손끝 하나 닿아보지 않았으면서 같잖
은 위로로 다가오며 위선 떨지 마라.

내게 닿으면 언제 그랬냐는 듯이 날 버리고 내 더러움을
닦으러 갈 것이면서.

남의 우울의 무게를 마음대로 판결하지 않았으면.

여리고 여린

작은 것 하나라도 감정이 들어가는 내가 안쓰럽다, 보이
는 모든 것들을 사랑했고 아파하며 눈물을 흘렸다.

이런 나 자신이 어찌 사람을 사랑할 수 있다는 것인가.

이미 정해진 결말

영원한 사랑을 나에게 속삭일 수도 없으면서 나에게 다가
와 나를 흔들어 놓지 말아줘라.

더 이상 떠난 사람을 이토록 아파하며 찾고 싶지 않다.

개미굴

사람들이 득실거리는 곳은 역겨운 냄새가 난다.

자신 이외의 것을 함부로 얘기하며 판단한다, 항상 시끄
러워 아무것도 들리지 않았던 나의 귀는 오롯이 나의 험
담을 듣기 위해 자릴 잡은 걸까.

그들이 나를 판단하는 목소리가 너무도 선명하게 들려온
다, 이것은 정말 그들이 내는 목소리가 맞는가, 혹여 내
귓속에 악마가 속삭이는 걸 또다시 믿어버려 현실을 바라
보지 못하는 것이라면 어쩌지.

만약 정말 저들이 내는 목소리라 하였어도 나는 마주해
입을 벌릴 수 있는 사람이 되지 못하기에, 나는 다시 어
두운 숲으로 돌아갑니다.

끝없는 악연

당신이 내 꿈속에 나타났다.

내가 가장 두려워했고 저주한 당신이 내 꿈에 나타났다,
당신을 내 손으로 없애버릴걸, 어딘가에서 살아 숨 쉬는
숨결이 너무 역겨워 토악질이 나온다.

내 꿈속에서 당신은 날 찾아왔다 내 주위 사람을 통해 내
얼굴 앞에 자신을 들이밀었고 형용할 수 없는 웃음을 지
어냈다, 난 마주치자마자 몸이 굳고 입을 열 수 없었다.

내 이름이 당신의 더러운 입속에서 흘러나온다, 그 눈이
내 목을 매달았고 그 목소리가 내 심장을 도려냈다.

당신의 생을 내 손으로 끊어버렸어야 했는데, 그렇게 내
기억 속에서 사라졌어야 했는데, 더러운 당신의 손길이
아직도 생생하다.

눈을 떠도 눈을 감아도, 모든 것이 나를 망치려고 혈안인
데 나는 어느 곳에서 편안할 수 있는가.

긴 밤

하루를 버티지 못한 채 쓰러져 우는 것이 너무 지쳐버렸
다, 작은 내 침대에 몸을 힘껏 접어 홀로 내 몸을 안아
본다.

내가 이리 우는 것을, 아무도 알지 못하게 입을 틀어막다
보니 입술이 터져 상처가 났다.

누구라도 껴안고 울고 싶어진 마음에 옆에 있던 인형을
붙잡고 울며 사랑을 속삭인다.

안쓰럽기 그지없는 내 모습을 보고 있자니 오늘도 내가
더욱 싫어지는 나날이었다, 이런 나를 가여워하지 않고
사랑할 수 있는 사람이 존재할까.

욕구

친한 친구와 같이 술을 나눠 마신 후 집으로 돌아가는 길 취기로 인한 것인지 나에게 이런 말을 건넸다.

"내가 널 좋아해, 네가 사귀어온 사람들로 망가지는 모습을 보며 너무 힘들어서 집에서 홀로 울곤 했어.

나 좀 봐주면 안 될까, 이젠 네가 우는 모습을 보고 싶지 않아"

당황스러웠다, 갑작스레 마음을 건네던 네가 한순간에 부담이 되었고, 이해가 가지 않았다, 그리고 이어지는 말에 내 마음은 떨어져 버려졌다.

"너와 입을 맞추는 걸 항상 상상해 왔어, 한 번만 입을 맞춰주면 안 될까 계속 바라오던 내 꿈이었어."

내 아픔이 안쓰러워 울었다는 개소리는 치워 버리지, 나와 입을 맞추는 걸 바라왔다는 말 대신 내 행복을 빌어주는 말이라도 했어야지 네 입에서 나오는 단어들로 좋았던 추억들도 다 버려졌다.

네 눈의 비친 나는 어떤 사람이었길래 그런 말들을 아무렇지 않게 건넬 수 있었을까, 네가 바란 건 욕구일 뿐이지 사랑을 속삭이는 것이 아니다.

세뇌

너와의 이별 후 몇 달 동안 입에 들어가는 모든 것을 삼키기 힘들었다, 나날이 음료만 마시며 지내다 보니 살이 엄청나게 빠졌고 난 나름 잘 이겨내고 있다고 안일한 생각을 하던 날이었다.

다 같이 술을 마시다, 그날따라 술을 진탕 먹고는 혼자 중얼거렸다.

"나 아무렇지 않아 정말 다 괜찮은 것 같아"

말이 끝나기 무섭게 울음이 터져버렸고 실성했다, 울면서 입은 웃었다 소리를 지르며 웃었고 찢어지게 울었다 웃음과 울음이 멈추지 않아 내 팔을 잡아 뜯었다, 피가 흘러도 내 울음이 멈추지 않았다.

친구들이 나를 막아댔고 날 두려워하는 선명한 표정을 봤다.

친구에게 이끌려 화장실에 가서 그 아이를 붙잡고 울며 소리를 질렀다, 내가 나를 속이고 있었다 아무렇지 않다며, 아프지 않다며 팔다리가 뜯긴 줄도 모른 채 기어가고 있던 것이다.

언제가 다시 만날 그날을 기약하며

내 주변 속 사람들의 죽음이 너무나도 두렵다.

아직도 난 믿기지 않았다, 내 손을 잡아줬던 커다랬던 손도, 내 이름을 불러주었던 따스한 목소리도 다시 듣지 못한 채 재가 되어 흙 속에 머문 채 그 위에 꽃이 피어난 것을 보고는 한없이 울었습니다.

왜 그리 가셨나요, 떠나가는 마지막 모습조차 보지 못했습니다.

보고 싶어요, 당신의 목소리가 기억이 나질 않습니다, 어쩌면 좋죠. 기억이 나질 않아요.

내 이름을 그토록 사랑스럽게 불러주었잖아요, 어린 날의 나를 안아주셨잖아요.

보고 싶습니다 보고 싶어요, 할아버지 날 다시 불러주세요. 다시 한번만 내 이름을 불러주세요.

날 불러줘요

전화가 울렸다, 또다시 누군가 내 곁을 떠나려 한다는 얘기였다.

숨이 쉬어지지 않았다 꿈인 줄 알았다 너무나도 갑작스러웠고 그럴 일은 없다고, 믿고 싶었다 눈물이 멈추지 않았다.

손을 떨며 전화기를 들어 전화해본다. 받지 않을 것을 알지만, 간절했다 받아주길 빌고 빌었다.

수신음은 닿지 않았다.

무섭다 누군가의 죽음을 보는 것이 내 소중한 사람이 떠나가려 하는 것도, 난 익숙해질 수 없다. 목소리를 잊어버리고 싶지 않다, 그 사람의 얼굴이 떠오르지 않았을 때의 절망감과 자괴감이 쌓여 내 목을 매달려 한다.

"날 불러줘요, 내가 여기 있어요.

그 눈으로 날 바라봐 줘요, 내가 여기에 있잖아요."

소망

얼마나 시간이 지나야지만 내 밤에 평안한 밤이 올지.

언제쯤 우울함에 잠겨 떨어지지 않을 수 있는 날이 올까.
.
.
.
이 글을 보고 있는 당신께선 부디 평온하고 안온한 밤이
오길 간곡히 빌어 봅니다.

그대들이 지닌 모든 더럽고 추악한 우울들이 모두 여기에
물들어 가길, 내 보잘것없는 글들이 조금이라도 도움이
되길 신께 기도해 봅니다.

숙원

신께서 존재하신다면 감히 여쭈어보고 싶은 것이 있습니다.

나에게 왜 이런 감당할 수 없는 시련을 주시는 것인가요, 제가 당신에 곁에 가기를 원하셔서 저를 이토록 죽고 싶게 만드시는 겁니까.

제발 나를 구원해 주세요, 제 몸은 당신이 전한 뜻을 이해하지 못하겠습니다, 아니면 이것이 그 대가 일까요.

나를 차라리 데려가 주세요, 이미 더러워진 저를 데려가서 어루만져주세요.

간절한 외침

그냥 나 한 번만 사랑해주는 건 안 될까.

내가 이리도 너를 추앙 하는데, 나 하나 사랑하는 것이
그리도 힘든 것일까.

난 괜찮지 않다

길을 지나가다 저 멀리 개 한 마리가 지나갔다, 그 개는
나를 향해 달려들어 내 다리를 물어뜯었고 피가 흐르는
다리를 부여잡고는 주인에게 처음으로 한 말.

"괜찮아요, 괜찮아요. 전 괜찮으니까 가세요."

습관처럼 나와버린 말을 뱉으며 내 몸은 떨리고 있었고
두려움과 아픔에 이미 나는 울고 있었다.

나는 무얼 하며 살아왔기에 내 다리가 뜯겨 나가도 괜찮
다는 말을 입에 담으며 울고 있는 것인가.

언제부터 이리도 괜찮다는 말을 입에 담고 살아 온 걸까,
지금까지 내가 정말 괜찮았던 것이 있었던 것일까.

나는 왜 이리 미련하기만 사람인 걸까.

화상

"뜨겁게 사랑하고 차갑게 이별하라"

난 아직도 저 말을 이해하지 못한다, 그렇게 뜨거웠던 사랑을 어찌 차갑게 이별을 할 수 있는가, 뜨거웠던 사랑에 데여서 온몸이 아픈데 어찌 덤덤하게 이별을 할 수 있다는 것이냐.

우울의 잠겨 있는 당신께

어느샌가 우는 법을 잊어버린 당신께, 내 보잘것없는 글을 읽으며 우리 같이 더욱 어두운 곳으로 같이 가요.

그곳에서 내 글을 읽어주세요, 그 글의 담겨있는 제가 당신을 안아드리겠습니다, 그 누구도 볼 수 없게 우리 아무것도 보이지 않는 어둠 속에서 서로를 안은 채 눈물을 흘립시다.

이미 더러워지고 추한 나 자신이지만 당신은 나에게 안겨 그 어둠을 묻혀 주세요, 나는 여기에 남을 테니 언제라도 찾아와 나에게 안겨 울어주세요.

너무도 아름답고 소중한 당신께 보잘것없는 제가 작은 소망 하나를 두고 갑니다.

나 자신이 만들어 낸 결과

그나마 존재하던 나의 인간관계가 나로 인해 그마저도 사라진다.

모든 것이 나의 업보였다, 내가 이렇게 우울의 나락으로 간 것도, 내 주변인들의 호의와 관계도, 다 나 자신이 망쳐놓은 것이다.

나조차도 나를 감당하기가 이리도 힘든데 내가 무엇을 바랄 수 있을까.

만좌면책

내게 가장 수치심을 느끼는 일들은 남들 앞에서 울음이 터지는 것을 참지 못한 채 울어 버리는 것이다.

그 순간만큼은 너무나 부끄럽다, 그들이 날 동정하는 것이, 내가 무너진 모습을 보여주는 게 나는 너무나 싫다, 남들 앞에서 최대한 멀쩡한 척을 하며 살아오고 있던 나 자신이 그렇게 무너져 내리면 그들 앞에서 모조리 벗겨져 세워진 기분이기에.

남들 앞에서 울음을 터트리는 것이 죽을 만큼 싫었다.

그 수치심과 부끄러움에 내 몸을 숨기려 도망쳤다, 내 무너진 모습을 보고 떠들어 댈 저들의 입방아를 듣고 싶지 않았기에, 멈추지 않는 내 눈을 짓눌러 잠시 앞을 바라보지 않았다.

무능함

요즘은 나의 무능함에 화가 난다, 자신이 하지 못하는 것에, 화가 나 다른 이에게 성을 내는 꼴이라니 참으로 부끄럽기 짝이 없다.

발전하는 시간이 모자랄 판에 거울에 비친 내 모난 모습을 보고 내 눈만 가릴 뿐 앞을 보지 않는 내가 참으로 역겨울 지경이다.

언제부터 이리 내 가치가 바닥을 향해 떨어져 갔던 것인지 다시 잡아 보려 해도 얼마나 아득한지 잡고 있던 끈마저 놓쳐버렸다, 나 자신이 달려가진 못해도 걷고 있을 줄 알았는데 눈을 가린 채 제자리걸음만 해대며 나 자신을 회피했다.

앞을 바라봐야 나아갈 텐데, 그 하나조차 쉽지 않게 느끼는 내가 싫다, 나태한 사람만큼은 되고 싶지 않다, 나는 내가 쏟아 부었던 말들을 내가 다시 마셔버리고 싶지 않기에.

나의 죄를 사하여주시옵소서

비가 오는 날은 나를 편안하게 해준다, 끝없는 아침이 나를 괴롭혀도, 아침에 밖을 바라보아도 아직 새벽녘에 머물러 있는 기분이 든다.

쏟아지는 빗줄기는 시끄러운 내 귓속에 말들을 잠시나마 잠재워 줬다, 하늘이 시끄럽게 소리치는 걸 들으며, 저 위에 계신 신께서도 눈물을 흘린다며, 홀로 중얼거리며 다른 이의 우울의 자그마한 위로를 받은 채 잠이 들던 나였다.

나만 이리도 많은 우울을 품고 살아가는 것이 아니기를 바라며 이기적이고 비참한 나 자신은 어두운 새벽에 나가 비를 한껏 맞으며 다른 이의 우울을 바라 온 것을 신께 회개합니다.

소리 없는 메아리

오늘은 우울한 날이다.

아니 아니지, 나에게 우울하지 않았던 나날들은 없었으니 오늘만은 아니다.

혼자 있는 이 어두운 방에 있으면 불안한 감정들이 불 번지듯 피어올라 모든 것을 태워버린다.

싫다, 이 기분이 이 느낌이 나는 너무나도 싫다.

이유가 없는 우울만큼 가혹한 것이 어디 있겠나, 나는 누구에게 소리쳐야 그 누가 나에게 답을 내려줄 수 있는가.

내 안에서 요동치는 이 역겨움을 누가 씻겨줄 수 있냔 말이다.

내가 이리도 목이 쉬라 외치는 말들은 메아리가 되어 다시 내게 돌아와 그 누구도 듣지 못하는 외침이 되어 사라진다.

온기가 없다는 건 너무나 잔혹하다.

이리도 외로이 생을 보낼 것이라면, 내 손으로 이생을 끝내버릴까.

모든 걸 다 포기한 채 떠나버릴까.

아무도 나를 안아주는 이가 없는데, 온기를 느끼지 못하는 사람은 살아갈 수 없다, 나 자신 하나로는 외로운 나날들을 버틸 수 없다.

달콤한 속삭임

저기 저 소녀 귓가엔 천사들이 다 같이 노래를 부르며 춤을 추고 있다, 저 소녀의 미소엔 지독한 향기가 뿜어져 나오지 않는다.

부럽다, 저 귓가의 천사들이 저 어여쁜 미소가.

"저 소녀에게 다가가 내 더러움을 묻히러 가자,
그리고는 나의 더러움을 조금이라도 덜고 오자. "

나는 발을 내딛다가 귓속에 붙어있는 악마를 뜯어, 내 입에 가져가 씹어 삼켜버렸다.

차라리 내 안에 깃들어 있는 더러운 악마들을 추앙 해야지, 그래야 저 소녀의 미소를 바라만 볼 수 있을 것만 같다.

홀로

헛구역질을 너무 했던 탓일까, 몸이 너무 아파 팔 하나
들기조차 힘들다.

속에서 올라오는 역겨움과 울렁임에 몸이 참지 못한 채
다 쏟아낸다.

토하는 기분은 언제까지고 익숙해지지 않는다. 작은 화장
실에 홀로 소리를 참으며 속을 게워내는 것이 너무도 슬
프고 서럽다.

환생

내가 사람으로 태어났기에 이리도 많은 우울과 아픔을 가지고 살아가는 것일까.

다시 태어난다 해도 사랑하지 않은 채 살아갈 수 있을까, 사람으로 태어났기에 이리도 아프고 아름다운 사랑을 하는 것이 아닐까, 그래도 나는 다음 생에 태어나 이 모든 고통과 우울을 이겨낼 자신이 없다.

다음 생은 없었으면 한다, 그냥 이대로 눈을 감고 영원한 잠이 들고 싶다.

잠들지 못한 새벽

잠이 들지 못한 채 뒤척이며 아침을 맞이할 때면 이불을
가득 껴안은 채 나를 안아주던 너를 그리며 눈을 감아본
다.

네가 없는 나날들

차가운 이불에 내 뺨을 맞대고 외로움을 달래며 떨어진
눈물을 닦아 오늘도 네가 없는 세상에서 너를 그리워한
다.
.
.
.

네가 없는 내 세상은 한없이 불안정하며 외롭다.

인간관계

자신들이 아쉬울 때 그제야 나를 찾아대는 모습도, 외로
워 나를 찾는 것도 이제는 너무 익숙해지려 하는 내가 안
쓰럽기 그지없다.

이제는 지쳤다, 다 끊어진 관계를 나 혼자 붙잡고 이어가
는 것도, 오롯이 나만이 이 관계를 이어가는 것이, 너무나
비참하게 느껴지는 새벽이다.

연인도 아닌 관계에서 나를 바라봐 주길 원하는 것은 너
무나 이기적인 바람이었을까.

당신은 불행해야 마땅한 존재

이름도 알지 못하는 사람들이 나에 대한 험담을 퍼붓고 있다 내가 무얼 그리 잘못했을까, 무얼 그렇게 미움받을 짓을 하여 나의 얼굴조차 모르는 그들이 나를 싫어하는 것일까.

내가 누군가를 사귀었더니 나는 몸을 파는 사람이 되어있었다, 나에 아픈 기억을 털어놓았더니 아무에게 몸을 대주는 사람이 되었다.

아무래도 그들은 내가 살아있는 것이 만족스럽지 않은가 보다, 그렇게 내가 사라지는 것이 보고 싶다면 나에게 다가와 더욱 욕을 퍼부어주길, 내가 삶을 포기할 수 있는 의지를 더욱더 심어 줘라.

하지만 그들의 바람대로 내가 죽기엔 아직 그들을 저주하지 못했기에, 길에 피어있는 장미를 뜯어 오늘도 당신의 불행을 저주할 테니 어서 나에게 죽을 용기를 심어줘라.

악몽

날마다 술을 마셨다, 거울에 비친 내 모습을 똑바로 바라
볼 수가 없었기에, 귓가에 들려오는 소음들을 듣고 싶지
않았기에, 사람들의 역겨움을 보고 싶지 않았기에, 눈 뜨
고 볼 수 없는 비참한 내가 너무도 싫었기에.

오늘도 나는 술을 마신다, 내가 듣고 바라본 모든 게 끔
찍한 악몽이라며 홀로 되새기며, 악몽을 꾸지 않기 위해
술을 잔뜩 마시고는 누워 눈을 감는다.

이루어질 수 없는 바람

나는 어릴 적부터 원하는 것을 말하지 못했다, 딱히 원하는 것이 없었기에, 항상 말을 하지 못했었고 지금도 나는 아직 내가 무엇을 원하는지 모른다.

처음으로 무언갈 원하는 것이 생겼다, 우울함이 없고 행복한 삶을 원한다, 행복하게 웃고 싶다, 이제는 그만 힘들고 그만 울었으면 한다.

수없이 많은 날을 우울감에 빠져 허우적댔다, 이런 내가 행복을 원하는 것은 너무 크나큰 바람일까.

존재 의미

저는 모르겠습니다, 아무리 홀로 생각해 보아도 제가 존재하는 의미를 이해하지 못하겠습니다, 나조차도 나 자신을 버렸습니다.

제가 살아가는 게 어떤 의미가 있나요, 나 자신 하나로는 삶을 살아가는 의미를 채우지 못합니다, 이제는 지쳤습니다, 내가 아닌 다른 사람에게 내 삶을 연명시키는 것도, 나는 이제 버티지 못할 것 같습니다.

남을 깎아내리는 자

나를 깎아내리는 당신들은 무엇이 그리도 잘 났기에 나를
이리도 깎아 내리는 것인가.

자신의 못난 모습을 남을 깎아내리는 것으로 채우려 하지
않았으면, 그럴수록 더욱더 당신의 미천하고 더러운 내면
이 벗겨진다.

내가 아무리 더럽고 추한 사람이라 한들, 남을 깎아내려
자신을 세우는 당신들 보단, 더 나은 사람이라 자부할 수
있다.

한없이 더러운 입

나에 대해 아무것도 모르면서 나와 비슷한 삶을 살고 싶
다며 당신의 미천한 오만함을 들어내지 마라.

내가 어떠한 삶을 살아왔는지 들어보면 금방이라도 손을
씻어내고 도망갈 것이면서 그런 식으로 나의 무게를 모멸
하지 말아라.

그런 말을 지껄이는 당신의 입을 당장이라도 찢어 버리고
싶은 심정이니 다시는 누구의 앞이라도 그런 추한 말을
늘어놓지 마라.

무의식의 외침

내 무의식에서 자꾸만 살려달라는 단어들이 떠다닌다,

이대로 가다간 내가 그토록 바라온 죽음이 다가올 것 같
다, 정말 이대로 끝이 다가올 것만 같아 내 무의식이 삶
을 외친다.

미친 듯이 손이 떨린다, 내가 내딛는 발 하나하나가, 내
입에서 흘러나오는 모든 단어가, 모든 것을 바라보는 눈
이, 나를 죽여간다.

점점 지쳐가는 나 자신이 두려운지 자꾸만 살려달라는 단
어들이 내 눈앞에서 아른거린다.

이대로 그냥 끝내버리는 것이 나에게도 좋은 방법이 아닐
까 생각해 본다.

모든 것을 판단하는 눈

질펀하고 깊은 우울은 나에게 다가와 나의 팔다리를 자르
곤, 나의 입을 막아버린 채 더럽고 추한 것들만 볼 수 있
는 눈만 남겨 놓은 채 가버렸다.

나는 내가 바라본 모든 것을 판단하고 결정하며, 막힌 입
으로 역겨움을 토해내느라 바빴고, 죄 없는 이들을 미워
하며 혼자 상처받기 일쑤였다.

내 머릿속을 떠다니는 음성이 현실인지 구별이 되지 않았
다, 나에게 이리 속삭이는 이는 누구인가, 정녕 이것이 자
신이 내는 목소리라면 나는 더 이상 삶을 살아갈 자신이
없다.

어린 나 자신

내게 진실을 고하지 말아 주세요, 듣고 싶지 않습니다, 나에게 한없이 다정했던 그분이 그런 사람인 것을 나에게 속삭이지 말아 주세요.

무서워요, 내 안에서 역겨움이 올라와요, 믿고 싶지 않아요, 내가 사랑하는 사람이 한순간에 너무나도 미워집니다

저는 아직 어린 시절에 남아 있나 봅니다, 당신의 아픔이 전달되는 것이 견디기가 너무나 힘듭니다, 어머니 저는 아직도 어린가 봅니다, 어린 저로서는 아버지의 잘못이 용서되지 않습니다.

머릿속을 떠나지 않습니다, 눈을 감는 것이 무서워 밤을 수도 없이 새고 어리석은 자신이 너무도 싫어져 매일 밤을 눈물을 흘리며 지새웠습니다.

나에게 진실을 고하지 말아 주세요, 어리석고 어린 저는 아직 진실을 받아드리기가 너무나 버겁습니다.

나를 살게 해주세요

홀로 있는 이 시간이 나는 너무도 외로워 허공을 바라보
곤 눈물을 흘립니다, 혼자 있는 나날들은 익숙해지지 않
습니다.

나는 홀로 살아갈 수 없습니다, 누구라도 내 곁에 앉아
나를 따듯하게 해주세요, 나는 너무 외롭고 차갑습니다,
홀로 외로워 우는 날들이 너무 힘들어 살아갈 자신이 없
습니다.

나를 살게 해주세요, 나를 안아주세요, 여기 앉아 내 눈물
을 닦아주세요.

내 마음을 주워줘요

누구라도 저 바닥에 나뒹구는 내 마음을 주워주세요, 모두가 내 마음을 발로 차고 밟고 지나갑니다, 나는 그것을 지켜볼 수밖에 없습니다.

왜 다들 그리도 내 마음을 짓밟고 가시나요, 내 마음은 계속해서 시들어만 갑니다, 누구라도 나를 구해주세요.

바닥에서 나뒹구는 불쌍한 나를 누구라도 손을 내어 일으켜 주세요.

삶의 의지가 없어지는 날들

꿈에서 너를 찾다 깨어나 밤새 우는 것도, 외로움에 못 이겨 홀로 베개를 껴안으며 설움을 터트리는 것도, 꿈을 꾸지 않기 위해 약을 먹고 자는 것도 이제는 진절머리가 난다.

나는 왜 이런 사람인가, 멀쩡한 삶을 살아가고 싶다.

어둡고 소란한 밤이 아닌 안온한 밤이 오길

이번 생에 너를 만나지 않았다면 조금은 덜 힘들었을까,
나에게도 안온한 밤이 찾아왔을까.

그냥 나 자신의 문제인 걸까.

부디 다음 생에도 사람으로 태어난다면 나에게도 안온한
밤이 찾아오기를 간절히 빌어본다.

환멸

제발 나에게 어떠한 기대도 하지 않았으면, 나는 보잘것 없고 나약한 사람이기에 멋대로 기대하고 실망하지 마라, 나를 그런 눈으로 바라보지 마라, 나는 당신들의 기대를 부응할 수 없다.

나는 원래 이러한 사람이었다, 멋대로 기대하고 그런 눈 으로 나를 죽이지 말아줘라.

애매한 재능

내 무력함이, 내 무능함이 나를 절벽 끝으로 밀어낸다.

한심하기만 한 나 자신을 바닥으로 끌어내 주제를 알려주
는 꼴이 너무 비참하다.

내 안에 기생하는 악마여

내 귓속에 사는 악마여, 그리도 내가 망가지는 모습이 즐거운가, 내가 우울에 빠져 허우적거리는 모습이 그리도 재밌는 것인가.

그래서 이리 내 눈을 가려 진실을 보지 못하게 하고 저들의 말들을 내 귓가에 못난 말들로 속삭이는 것인가, 그대가 바라는 것이, 나 스스로가 목숨을 끊는 것일까, 나에게 목숨을 끊을 용기조차 없는 것을 뻔히 알면서도 나를 이리도 괴롭히는 건가.

나를 놓아줘라, 나를 살려줘라.

나만을 괴롭히는 것을 바라는 것이면 내 주변인들을 물들이지 말아줘라, 보고 싶지 않다, 듣고 싶지 않다, 내가 사랑하는 이들이 나로 인해 멀어져 가는 것이, 나에게 욕을 퍼붓는 것이 나를 계속해서 죽여간다.

더러운 입

더러운 손으로 나를 건들지 마라, 그 더럽고 추한 입으로
내 이름을 입에 담지 마라, 그 눈으로 나를 훑지 말아 줘
라.

당신이 아직 세상에 살아 숨 쉬고 있다는 것이 너무나 불
쾌하다, 아직 내 몸엔 당신의 손자국이 남아 있다, 아무리
씻어내 봐도 없어지지 않았다.

용서를 구한답시고 나에게 다가와 내 이름을 부르지 마
라, 당신의 더러운 입에 담기려 이리도 아름다운 이름을
지어주신 것이 아니기에, 그 입으로 내 이름을 담지 마라.

비통

누군가를 사랑하지 않고 살아갈 순 없는 걸까.

언제까지 사랑에 얽매여 아파하기만 해야 하는 걸까.

나의 사랑은 너무나 불안정하다.

위로

누군가에게 나의 우울을 털어놓는 것이 너무나 싫었다, 위로를 받는 것이 나를 더욱 힘들게 했다.

나의 우울을 내 입 밖으로 꺼내려고 해도 턱 끝까지 차오르다 다시 이내 삼켜버리고 만다, 부끄러웠다, 나 자신의 약함을 말하는 것이, 위로받으며 무너져 울어 버리는 것이, 너무나 부끄럽고 추해 도망치고 싶었다.

따스한 위로를 받고 그들에게 기대 버리면, 그 사람이 사라진 순간 나는 더욱더 망가질 걸 알기에, 위로받는 것이 싫었다, 차라리 나 혼자 삼키고 이겨내야지, 그 사람이 떠나도 내가 덜 망가질 테니.

내 우울을 다 받아줄 사람도 없으며, 그들에게 내 우울을 떠넘겨 버리고 싶지 않다, 나조차 감당하지 못하는 것을 그 누구에게 떠넘겨 버릴 수 있다는 말이냐.

끝

누군가 내 심장을 칼로 찔러대는 것 같다, 한마디 한마디
가 모두 나에게 날아와 꽂힌다.

너무 아파져 심장을 부여잡고는 주저앉아 버렸다, 어찌
그렇게 나를 찔러대는 말만을 퍼붓는지, 나의 모난 모습
을 내가 바라보기도 벅차다, 그러니 이제 그만해줬으면
한다, 더 이상 나를 떠밀지 말아줘라.

나 스스로가 걸어가 떨어지는 것과 남이 떠밀어 떨어지는
건 너무나 참혹하고 무섭다, 그러니 그만해줘라, 내가 얼
마나 무력한 사람인지 그런 식으로 알려주지 않아도 내가
스스로 걸어가 떨어질 테니.

사랑이 아닌 것

나에 대해 무엇을 안다고 나에게 사랑을 속삭이는지, 내가 어떠한 사람인지도 모르면서 어찌 그렇게 무책임한 말을 입에 담는지 모르겠다.

나조차도 사랑하지 못하고 더러움을 토해내는데 너라고 내 모든 것을 사랑할 수 있을까, 그리 얕은 마음으로 사랑을 고하지 말아줘라, 나에게는 그 말과 행동들이 너무나 깊게 다가오기에, 어정쩡한 마음으로 외로운 나를 혼들어 놓지 말아줘라.

내가 너를 사랑하게 된다면 나를 금방이라도 떼어놓고 갈 거면서, 내가 없으면 살 수 없는 마음을 지니고 와라, 내 사랑은 늘 그래왔기에 매 순간이 지옥이었고 죽음의 연속이었다.

가벼운 마음으로 다가오지 마라, 그런 사랑은 사랑이 아니니, 나에게 그런 역겨운 것을 들이밀지 말아줬으면 한다.

어린 시절

어린 날에 나는 온몸에 멍이 든 채 아무도 없는 거실에
나와 칼을 꺼내 들고 죽으려 했다, 그 작디작은 아이는
자신이 죽기를 간절히 원했었다, 나의 장례식에 그 존재
가 미소를 띠는 것만이 머릿속에 펼쳐졌기에.

죽으려 우는 나를 작은 강아지 한 마리만이 나를 위로해
줬다, 나는 칼을 떨어뜨리고는 작은 몸으로 작은 강아지
를 품고 울음을 터뜨렸고 따스한 온기에 기대 잠이 들었
다.

지금 그 시절을 떠올려 보면 너무나 불쌍하고 안쓰럽다,
그 어리고 작은 것이, 진심으로 죽고 싶었던 감정이 떠올
려진다, 너무 아팠고, 외로웠다.

사랑이 고팠던 아이는 아직도 사랑을 갈구하고 있다.

저 하늘과 아픔을 나누자

비가 오면 밖으로 나가 울어볼까, 아무도 내가 우는 것을 모르도록 빗속에 숨어 내 눈물을 감추고, 아무리 소리를 질러 울어도 저 시끄럽게 소리치는 하늘 밑에서 내 목소리를 숨겨 보자.

하늘이 슬퍼 눈물을 흘릴 때 같이 나도 눈물을 흘려야지, 그렇게 아픔을 나누며 살아야지, 저 내리는 비가 나를 안아줄 터이니 나는 그 빗속에 안겨 마음껏 눈물을 흘려야지.

제 2장 내가 사랑한 모든 것들

눈

세상이 하얗게 덮이는 것을 보고 싶다.

아무 생각도 하지 않은 채 그 아름다움을 내 눈에 한가득 담고서 바라보고 싶다, 겨울은 외롭고 쓸쓸한 계절, 그렇지만 그로 인해 따스함을 느낄 수 있는 포근하고도 외로운 계절.

검고 메마른 가지 위에 소복이 앉은 눈은 그 어떠한 것보다 아름다웠다.

내가 바라보는 것은 한없이 어둡기에 하얗게 휘날리는 눈꽃을 보며 내 눈을 씻어내고 싶다.

해바라기

그 아이를 잘 표현한 것은 해바라기꽃이지 않을까.

그 아이가 해바라기꽃을 좋아한다고 얘기해 줘서일까, 그 아이를 바라보면 해바라기꽃이 생각이 난다.

해가 쨍쨍하면 고개를 들고 활짝 피어있지만, 날이 흐리거나 어두운 밤이 올 때면 기운 없이 바닥을 보곤 한다.

그 아이가 웃을 때면 나도 같이 따듯해졌다, 그렇지만 누구나 웃지만은 않고 우울할 때도 있다, 아무것도 아닌 것에 웃고 운다.

차라리 내가 민들레가 되어 네 곁에 피어나려고 한다, 흐린 날에도 우울한 밤이 찾아와도 네가 아래를 바라볼 때면 그 밑엔 노랗고 새하얀 민들레가 조금이라도 너를 웃게 해주길 소망한다.

너무 여리고 여린 사람아, 내가 너의 힘듦을 없앨 수는 없지만 너의 옆자리에 앉아 너를 기다리며 같이 울어줄 수 있다.

-작고 못난 너의 친구가.-

작은 털 뭉치

무엇과도 바꿀 수 없는 내 소중한 보물은 1살이 채 되지 못한 채 우리에게 버려지듯 찾아왔다, 그로부터 13년이란 긴 세월 동안 내 곁에 따듯한 온기를 나누어 주며 살아왔다.

세상에 변치 않는 사랑이 있다면 이 자그마한 아이를 칭하는 게 아닐까 싶다.

이 따듯한 아이가 언젠가 차가워질 날이 다가오는 게 미치도록 가슴이 아리다 못해 눈물로 넘쳐 버리고 만다, 나는 간절히 소망해 본다.

무엇이든 좋으니 이 아이가 떠날 때 마지막으로 본 세상이 나이기를 내가 이 아이의 마지막을 같이 함께 할 수 있기를, 마지막으로 눈을 감기 전 보여지는 풍경이 차가운 바닥이 아니라 내 품이기를.

내 소중한 아가, 내 인생에 네가 없는 날은 없었는데 언젠가 너를 놓아줄 수 있을까, 나는 아직 매우 두렵고 무섭다 더 오랜 시간 내 곁에서 온기를 나누며 살자.

개구리

바닷가에서 항상 울던 개구리가 오늘은 울지 않았다.

그게 뭐라고 서글퍼졌다, 이제 오지 않는 것일까, 다시 와서 너를 그리워하는 나를 위해 울어줄까.

비가 오지 않아도 개구리는 계속해서 울었고 내가 앉아서 바다를 볼 때면 항상 울었다, 짝을 찾는 것인지 쉬지 않고 계속 울던 개구리는 너무 오랜 시간 자신을 찾으러 오지 않아 죽어버린 걸까.

바닷가에 홀로 울던 개구리를 나는 좋아했다.

가로등

"길에 있는 가로등을 달빛인 줄 알고 사랑했다"

내가 좋아하는 문장이다, 그 길에 있던 가로등을 달빛으로 착각하였어도 그 빛으로 내게 위로를 주었다면 그것으로 나는 족하다.

하염없이 울다 위를 바라보았을 때 그것이 정녕 달빛이 아니어도, 끝없는 어둠을 비추어 준 것이 달빛이 아닌 가로등 일 지어도 난 그 가로등을 사랑할 것이다.

일상

친구와 담장에 기대 담배를 태우던 중 친구가 나에게 말
을 건넸다.

"야, 우리 외나무다리 놀이 할래?"
.

.

나는 그 말을 듣고는 뭐 하는 것인지 물어봤고 친구는 덤
덤하게 대답했다.

"저기 저 담장을 일자로 쭉 걷는 거야."
.

.

.

"같이 죽자고?"
"응"

메마른 대답을 한 우리는 그 말들이 진심인지 농담인지
모를 우리의 모습에 그만 웃음이 새어 나오고 말았다.

낙화

비가 오던 그 날, 바람에 흩날려 꽃 하나가 떨어져 날라 왔다 바닥을 바라보니 능소화꽃이 가득 떨어져 있었다, 위를 바라보니 대문 전체를 덮고 있던 능소화나무를 보았 다.

그 모습들이 너무 아름다웠다, 한없이 내려온 줄기들은 따듯한 주황빛을 띠고 있는 꽃망울을 품고 떨어졌고, 시 들어 가는 꽃망울도 무엇 하나 사랑스럽지 않을 수 없었 다.

아무것도 속삭이지 않는 꽃들이 난 좋다, 귀를 막고 걸어 가던 나를, 아름다운 모습들로 내 시선을 앗아가 시끄럽 던 속삭임조차 잊게 해준 저 사랑스럽기 그지없는 꽃들로 내 몸을 덮고 싶다.

나의 달빛

내가 눈을 마주치며 건조하게 웃음을 지으면 그 아이는
분명 날 안아줄 것이다.

그 누구보다 나를 잘 아는 사람, 내 슬픔을 감히 안아줄
수 있었던 한 사람.

왜 넌 내가 가장 죽고 싶을 때 날 그리 따듯하게 안아주
는지, 애석하게도 네게 안길 때마다 눈물이 멈추지 않아
너의 어깨를 더럽히고 말았다.

내가 소리 내어 우는 걸 너로 인해 처음 듣게 되었다.

연기

내 입을 열어 숨을 내뱉으면 일렁이는 천사의 손길이 내 주위를 맴돈다, 그 숨결은 한순간에 사라지지 않고 서서히 내 곁을 떠나간다.

그 흩어지는 것을 붙잡고 싶었다 마치 천사의 형상을 띈, 그것을 내 손에 쥐고 도망갔다 아무도 빼앗을 수 없는 곳으로 아주 멀리.

아무도 없는 곳에서 쥐고 있던 손을 펼쳤더니 그것은 애처로운 하얀 잔흔만을 남기고 없어졌다.

천사가 내 눈앞에 있었다면 나는 그것을 죽여 내 품에 계속해서 품었을 것이다, 더 이상 날아갈 수 없도록.

나는 내 품 안에 잠든 천사를 사랑하며 나는 살아갔을 것이다.

닿지 않는 손끝

바람에 흩날리는 나뭇가지를 보고 있으니, 마치 애달프게 손을 뻗고 있는 것 같았다.

뻗어도 닿을 수 없는 것을, 갈망하는 것이 나와 처지가 비슷하다고 생각했던 날이었다.

저 나무도 무엇을 그리워하며 살고 있지 않을까 하며 참 으로 아름답고 애처로워 보였다.

거울

나와 같이 세상을 등지고 살아가자, 아무도 없는 곳에서 너와 나만 존재하는 곳에서 서로의 외로움을 보듬으며 살아가자.

서로의 눈에 담기는 것은, 오롯이 우리의 모습만 담아내자 그렇게 가장 아름답게 살아가자.

천사의 속삭임

홀로 넓은 들판에 누워 하늘을 바라보았다, 은은한 달빛
이 비치었고 흘러가는 구름 사이로 천사들이 날아다니며
노래를 불렀다.

그들은 어디를 향해 가고 있는 것일까, 바닥에 널브러져
있는 내가 보이지 않는 것일까.

내가 외치는 목소리가 저기에 닿지 않던 것인지 그들은
노래를 부르며 누군가의 곁으로 가고 있었다 절실한 구원
을 바라는 나의 목소리를 처참히 무시한 채, 그들의 웃음
소리가 나를 비웃는 웃음으로 들린다.

이것은 내 귓가의 있는 작은 악마의 웃음소리인지 저기
저 나와 눈이 마주쳤던 천사의 웃음소리인 것인지, 나는
진실을 바라보고 싶지 않았다.

나를 살게 한 사람들

이런 나의 모든 모습을 알고도 내 곁에 남아준 몇 안 되는 내 주변 사람들에게 경의와 감사를 표하고 싶다, 그들이 나를 살게 하였고, 나는 또다시 죽으려 하였다.

몇 번이고 죽어가는 나를 잡으러 어떻게든 나에게 다가와 내 옆에 앉아 나를 안아주던 그들이었다.

그런 당신들을 어찌 내가 밀칠 수 있을까, 가장 죽고 싶을 때 한걸음에 달려와 나를 붙잡아준 당신들을 어찌 사랑하지 않지 않을 수 있단 말인가.

당신들에게 내 고마움을 아무리 표현하려 하여도 모든 것이, 서툰 나이기에 작은 편지를 적어 몰래 당신의 옷자락에 넣어놓는 것밖에 하지 못하는 바보 같은 사람입니다.

이런 나라도 계속 나와의 인연을 이어가 주세요.

되돌아간 시간

평소처럼 시간을 보내다 집에 돌아왔다, 네가 차가운 바닥에 누워 딱딱해져 있었다.

믿기지 않았다, 널 만져봐도 너의 숨결이 느껴지지 않는다.

안아봐도, 만져봐도 차갑기만 한 너의 몸을 한참을 바라보다 소리도 내지 못한 채 그 자리에 앉아 움직이지 않는 너를 부여잡고 울었다.

너의 마지막에 난 밖에 있었다, 나는 죄책감과 허탈감에 너를 안고 계속해서 외쳤다.

"제발 한 번만 다시 딱 한 번만, 따듯한 온기를 가진 너를 안아 보게 해주세요."

울며 소리를 치던 중 잠에서 깨어났다, 꿈이었다.

옆에서 곤히 자는 너를 보곤 혹여 이것도 꿈일까 봐 몇 번이고 만져보고 사랑한다고 속삭였다, 너무 많이 울었던 탓일까 머리가 아파 현실인 걸 알아챘고, 따듯한 너를 껴안고 사랑한다고, 미안하다며 너에게 속삭였다.

어쩌면 나는 정말 기회를 받은 것일지도 모르겠다.

아직은 작은 아이

비참하고 참혹했던 계절들로 가득했던 나의 어린 시절, 그 작디작은 어린아이가 견디기엔 너무도 버겁고 힘들었던 나날들.

핏덩이 둘을 위해 자신을 잘라 먹여주셨던 나의 어머니.

현실적으로도, 정신적으로도 가난했던 그 작은 아이는 불운하게 살았고 부끄러운 나날들도 보내왔다.

작은 일 하나에도 겁을 먹어 몸을 말고 있는 것이 겁 많던 어린 시절에 남아 있나 보다, 눈을 감고 하늘의 별을 기대하며 눈을 뜨는 나는 아직도 선물을 기대하던 어린 시절에 머물고 있나 보다.

이제는 괜찮아져야 하는 나이인데 아직도 마음이 이리도 저리고 여린 걸 보니 그 아이는 아직 홀로 울고 있나 보다.

그 시절 나를 안아준 이가 작은 인형밖에 없었으니 이제라도 내가 감싸 안아야겠다, 그리고는 약속해야지 이제는 놓아주자고, 그 어린 시절을 생각하며 눈물을 흘리기엔 떨어질 눈물이 없기에.

다가오는 내 우울을 맞이하기 위해 놓아주자 약속한다.

길의 끝

내가 너를 이리도 사랑하는데 어찌 너를 미워할 수 있겠어.

너의 눈만 바라보아도 심장이 미어지기에 너를 바라볼 수 없는 나인데, 네가 나를 바라보지 않아도, 나에게 영원한 사랑을 속삭이지 못한다 해도 난 괜찮다.

너에게 영원한 사랑을 속삭일 수 있는 건, 이런 모습에 나밖에 없을 것이라 나는 확신한다.

사랑에 목이 메어 죽어가는 것에, 친절을 베푸는 것만큼 지독한 애증은 없다.

아름답지만은 않은 사랑

지독한 외사랑만큼 끔찍한 것이 있을까.

가질 수 없는 것을, 사랑한 대가가 이리도 아플 줄을 미리 알았었다면, 난 다시 돌아가 이 사랑을 그만뒀을까.

그대를 사랑하지 않는 것이, 더 아픈 것이었다면 난 어떤 선택을 해야 했을까.

익숙해지려 하여도 내 눈을 바라보지 않는 당신을 바라보는 건 여전히 내 마음을 아려옵니다, 왜 그리 내 눈에 아름다운 모습을 하고 나타났나요.

왜 소원은 간절할수록 이루어지지 않는 것입니까.

어긋난 사랑

나를 감싸주는 당신이 너무도 사랑스러워 떨어진 유리 조각을 손에 쥐었다.

아픔 따윈 신경 쓰지 않았다, 그저 피 묻은 나의 손을 잡아주는 당신과 함께 물들어지고 싶었다.

당신의 손이 나를 향해 뻗어있다면, 나는 망설임 없이 유리 조각 속에 내 손 하나쯤은 얼마든지 넣을 수 있다, 나는 당신이 없으면 안 되는 존재가 되어 보일 것이다.

그때 그 향기

어느 순간 갑자기 그 사람의 향기가 풍겨왔다, 틀림없이 그 사람이었다 내가 안아 보고 만져 본 그 향기였다,

혹여 뒤에 그 사람이 걸어가고 있을까 두려워 뒤도 돌아보지 못한 채 걸음을 재촉해 걸어갔다, 향기만으로 이렇게 마음이 시린데 그의 얼굴을 바라보곤 다리가 풀려 주저앉아 버릴까 한 걸음이라도 빨리 그 자리를 벗어나야만 했다.

너무도 그리운 향기였다, 그 사람의 품속에서 일상처럼 맡아지던 향기였다, 내 코를 스치는 것만으로도, 나를 안아주는 줄 착각 할 뻔했다.

이 향기를 지닌 사람이 그가 아닐 수 있지만 나는 아직 뒤를 돌아봐 마주할 자신이 없는 나약한 사람이기에.

작지 않은 불꽃

누군가의 뒷모습을 바라보는 것이, 나를 초조하게만 한다, 떠나가는 뒷모습이 나에게 다시 돌아오지 않을 것만 같아서, 자꾸만 그들의 옷깃을 잡아 길을 잃어버린 아이처럼 불안한 눈빛으로 바라보곤 한다.

나를 혼자 두지 말아줘라, 혼자 남겨진 이 길은 너무도 넓고 어두우며 소란스러운 악마들이 나를 미치게 한다.

내 곁에 남아 나의 촛불이 되어주라 밝지 않아도 괜찮다, 그 작디작은 불꽃으로 나를 차가운 어둠 속에서 홀로 죽지 않게 나를 지켜주면 안 되는 걸까.

눈사람

누군가 발로 차버린 눈사람이 길에 나뒹군다.

차이고 버려진 것이 마치 나와 동질감이 들어 떨어져 버린 조각 하나를 들고 와 옆에 있는 강가에 넣어 마지막만은 밟히지 않도록 녹여 없애주었다.

녹아 없어지는 눈사람은 밟혀 더러워진 얼룩이 지워지고 서서히 나타나는 결정들을 나에게 보여주고는 녹아 없어졌다.

더러웠던 눈사람의 마지막은 나만이 볼 수 있었던 최고의 작품이었다.

명임의산 (이름을 줌으로써 뜻이 생기다.)

내 꽃밭에 이름 없는 들꽃이 피어났다, 뽑아 없애버릴까
하다, 이름도 없이 태어난 저 꽃이 안쓰러워 물을 주고
사랑을 속삭였다.

시간이 지나 점점 그 들꽃은 꽃을 피워냈고, 그 꽃은 아
무런 향기도 특별한 색도 없었지만, 내 꽃밭에 와주어 내
가 사랑을 속삭였기에 그 이름도 없는 것에 이름을 지어
줬다.

나는 그 꽃을 "담아" 라고 지어줬다, 세상 모든 맑고 아
름다운 것을 담고 가장 아름다운 향기를 뿜어 모두가 탐
내는 꽃이 되길 바라며, 나에게 다가와 내가 속삭인 사랑
을 읊어주길.

나의 사랑스러운 꽃들아, 내가 눈을 감을 때 내 몸에 누
워 나에게 내가 속삭인 사랑을 말해주길 간곡히 부탁한
다.

닿지 않는 구애

이미 죽어있는 너를 찾아가 눈도 뜨지 못한 채 기어가 어린아이처럼 울며 너를 어루만진다.

내 손에 감촉이 느껴질 때까지 몇 번이고 어루만지며 너를 느끼고는 마저 뜨지 못한 눈을 뜨곤 나지막이 속삭인다.

"사랑해, 사랑해, 사랑해…."

메마른 목구멍으로 간신히 쥐어짜 나온 몇 마디를 너에게 전달 할 수 있도록 눈물이 멈추기 전까지 외쳐본다.

나만을 이렇게 두고 가지 마라, 나만을 홀로 이렇게 두고는 떠나지 말란 말이다, 마지막 생을 같이 보내기로 나와 약속했으면서 이렇게 나 홀로 외로이 두지 말아줘라.

도피처

숲으로 가자, 그곳으로 가서 더러운 나의 속을 파내어 숲
의 푸르름으로 가득 채우자.

바다로 가자, 그 새하얀 파도에 내 몸을 담가 내 몸에 생
겨난 멍 자국 그리고 그들의 더러운 흔적과 기억을 씻어
버리자.

더러운 기억을 지닌 내가, 몸을 함부로 버려버렸던 나를,
더 이상 죽이지 않기 위해 숲과 바다로 도망치자.

한없이 냉담한 그들이 내 곁에 와주길

나와 함께 이 우울에서 잠겨 허우적거리는 사람이 필요하다, 서로를 구할 수 없지만, 그 우울에서 서로를 껴안을 수 있는 존재를 나는 갈구한다.

어쭙잖은 동정심으로 온다면 나는 내 안을 갈라 그 더러운 모습을 기꺼이 보여줄 것이다.

그렇다면 너는 인상을 찌푸린 채 도망을 갈 것이니, 나는 그 뒷모습을 바라보며 다시 한번 죽음에 가까워 지려 한다.

나와 함께 죽어갈 자신이 없다면 나를 끝으로 데려가 줘라.

가장 애달픈 사랑

내 안에 있는 우울을 사랑해야겠다.

그것을 사랑하면 더럽고 추악한 모든 것이, 아름답고 사랑스럽지 않을까, 나는 차라리 내 우울을 사랑하려 한다.

나라도 내 안에 우울을 사랑해야지 그리고는 같이 저 지옥으로 떨어져 죽어 없어져야지.

가장 아름답고 아픈 추억

예전에 너와 내가 너무도 행복하게 웃고 있는 것이 너무
나 부러웠다, 너와 내가 저런 웃음을 지을 수 있던 사람
이었는데 지금의 나는 왜 이리도 비참한 모습을 띠고 있
는 것인지.

차라리 그렇게 예쁘게 웃지 말지 왜 그리 예쁜 모습으로
남아버려서 바랄 수 없는 것을, 이토록 바라게 하는지 다
시 돌아가 네가 속삭이던 사랑을 다시 듣고 싶다.

외로운 모든 것들을 사랑했다.

겨울이 다가왔다, 꽃은 시들어 갔고, 울창한 나무들은 새까맣게 말라갔다, 나는 그 모습이 어찌나 아름답고 쓸쓸했는지 한참을 그곳에 앉아 가장 아름다운 그들의 모습을 내 눈에 담아 간직하려 한다.

저 바닥에 나뒹구는 꽃들을 기억해주는 사람이 있을까, 모두 새로운 꽃이 피어나는 것만을 바라보고 있는 것이 나는 너무도 가슴이 아파 바닥에 밟히고 시들어 버린 저 꽃들을 사랑하려 한다.

시들어 버려 색이 없이 없어진 저 꽃들은 그 무엇보다 아름다웠기에, 그 모습이 마치 나와 같이 안쓰럽고 외로워 보였기에, 사랑해주는 이 하나 없는 건 너무 잔혹하니 내가 사랑하여 저들의 마지막을 바라보아야겠다.

세상에 있는 모든 사랑받지 못한 것을, 다 내가 떠안아 사랑을 속삭이며 그들의 마지막을 바라보고 싶다.

나는 사랑받지 못하였지만, 그들에게 나와 같은 감정을 쥐여주고 싶지 않기에 내가 모든 아픔을 떠안고 살아가려 한다.

내가 사랑한 악마의 모습

네가 나에게 사랑을 알려줄 때는 이리도 힘든 것인지 몰랐다, 어떤 역경이 와도 너와 함께 이겨낼 줄 알았고, 내 옆에는 너 아닌 사람이 존재하는 것이 그려지지 않았다.

사랑을 알려주면서 나에게 끝없는 우울을 쥐여주다니 정녕 네가 악마가 아니었을까 생각해 본다.

차라리 너에게 내 영혼을 팔아버릴 걸, 어중간하게 숨 쉬고 있는 나를 끝내버리고 가지 눈을 뜨는 아침이 너무나 싫다.

악마의 모습은 내가 가장 사랑할 수밖에 없는 모습을 본떠 나타난다고 하던데 정녕 그것이 너였나 보다.

모든 죽어가는 것을 사랑했다.

내 감정들을 쏟아내다 보니 깊은 웅덩이 하나가 생겨났다 그 웅덩이는 계속해서 고여 그 안에 들어간 모든 것이 썩어버렸, 하루가 멀다고 감정을 쏟아 부었으니 웅덩이는 마를 일 없이 계속해서 썩어갔다.

어느 날은 그 웅덩이 앞에 내가 서 있었다, 시간이 얼마나 지났던 것인지 그 웅덩이에 밑바닥은 보이지 않았고 썩어 심한 악취가 풍겨왔다.

나는 그곳에 들어가 웅덩이를 없애려 했다, 그곳에 들어가니 기분 나쁜 차가운 물들이 나를 물들였고 간신히 살아있는 작은 물고기들이 나를 간지럽혔다, 그 물고기들을 바라보니 이것을 없애버릴 수 없었다.

이런 썩은 물웅덩이 속에서도 작은 생명이 살아나고 있었다, 이것도 내가 키워낸 감정이지 않을까, 어쩌면 저 썩은 웅덩이 속에서 내가 간직하던 감정이 흘러 들어간 것이 아닐까.

나는 이 웅덩이를 간직하기로 하였다, 썩어 냄새가 나는 감정이라 한들 그곳에 헤엄치는 작은 내 감정은 아름다웠기에 이것마저 내가 품으려 한다.

채울 수 없는 공허

허공에 사랑을 속삭이고 내리는 비를 껴안고 싶다, 더 이
상 누군가를 사랑할 자신이 없지만, 누구라도 품고 사랑
을 속삭이고 애원하고 싶다.

사람이 아닌 것을 지독히 사랑하고 싶다.

내가 사랑한 것들

지나가는 나무들에 베여 상처가 나 버리고, 강가에 있는 물살이 내 발목을 잡고 나를 넘어뜨린다.

피어있는 들꽃을 내 손에 담았더니 그 안에 들어있는 독이 나를 썩게 했다, 그런데도 그들을 미워하지 못했다, 나를 바라보는 그 눈 속엔 두려움이 가득 차 있었으니.

나는 썩어버린 손끝으로 그들을 향해 다가갔다, 내 다리는 저 강가의 물이 뜯어가고 내 살갗은 저 나무가 가져갔다.

나는 더 이상 다가가지 못한 채 그 자리에 쓰러져 나를 상처 준 그들을 바라봤고 간신히 움직이는 입을 열어 말했다.

"나를 뜯어가라, 나를 죽여도 좋다, 그것으로 그대들의 두려움이 사라진다면 나는 그것으로 충분하다, 나를 원망한다 한들, 나는 그대들을 사랑한다."

같이 존재할 수 없는 당신

너무나 순수한 눈을 가지고 나에게 다가오는 그녀가 나는 두려웠습니다, 나로 인해 저 아이가 더럽혀질까 봐, 나에게 풍겨오는 악취가 그녀에게 스며들까 나는 너무나 무서웠습니다.

그런데도 그녀는 나를 향해 자꾸만 다가왔고, 나를 좋아한다고 속삭여 주었습니다, 그런 그녀가 너무도 사랑스러웠기에 나는 떠날 수밖에 없었습니다.

나를 바라보는 눈빛이, 나에게 속삭이는 목소리가 너무나 천사 같았기에 나는 같이 있을 수 없습니다, 당신은 나와 같이 존재해선 안 되는 사람이기에 내가 이 요동치는 가슴을 부여잡고 떠나려고 합니다.

동백꽃

내 다리가 잘려 나가고 내 눈을 뽑아가 눈물도 흘릴 수 없을 때, 나는 몸을 눕혀 내 꽃밭으로 기어갔다, 그리고는 마침내 도착해 내 사랑스러운 꽃밭에 내 몸을 맡겨 누우면 꽃들이 나에게 사랑을 속삭이며 노래를 불렀다.

여린 나의 꽃들은 눈이 보이지 않기에 내 이러한 모습을 알 수가 없어, 언제나 그렇듯 나에게 사랑을 속삭였고, 나는 그런 꽃들을 위해 남아 있는 팔 한쪽으로 그들을 껴안았다.

나만을 기다리는 이 사랑스럽고 바보스러운 꽃들을 내 안에 품으러 나는 꼭 이 꽃밭에서 눈을 감아야만 한다.

새빨갛게 피어있는 동백꽃 한 송이에 입을 맞추고 오늘도 내가 왔다며, 더 이상 기다리지 않아도 된다는 말을 속삭인다.

추억

추억을 추억으로 바라볼 수 없기에 나는 너무나도 불쌍한 사람입니다, 추억이라는 것이, 나는 두렵습니다.

내가 사랑을 속삭인 모든 것들이, 나를 웃게 했던 모든 것들이, 추억으로 돌아가 꺼내 바라보아야 하는 것이 나를 울게 만듭니다.

추억으로 떠나보내기 싫어 품고 있었더니, 그만 썩어버려 내 손끝에서 사라집니다, 흩날리는 조각들을 붙잡으러 가다 절벽 앞에서 떨어져 버려, 다시 올라갈 수 없는 어두운 늪에 내 몸이 잠기고 있습니다.

추억으로 남지 않고 내 곁에 머물다 가는 건 힘든 것인가요, 나 홀로 추억을 보내지 못하고 있는 것만 같아, 너무 외로워 허공에 손짓하며 돌아오라 외칩니다.

나를 홀로 두지 마세요, 나만을 여기 두곤 추억으로 떠나지 말아 주세요, 나는 아직도 그 자리에 홀로 남아 있는데 어째서 추억이 되어 돌아가는 겁니까.

의심이 많은 여린 당신께

의심이 많은 당신은 항상 나에게 물었죠.

"너는 왜 그렇게 나에게 다정한 거야? 이런 못난 나를 어째서 떠나지 않는 거야?

내가 너를 지치게 할 거야, 이런 나를 너도 떠날 거야."

나는 당신에게 한결같은 목소리로 이렇게 말했죠.

"나는 다정한 사람이 아니야, 너 이기에 내가 다정한 사람이 된 것이었고, 너라는 사람을 내가 많이 좋아하기에, 나는 변치 않아, 몇 번이고 나에게 같은 질문을 던져도 항상 나는 대답 할 수 있어"

당신은 내가 삶의 끝에 서 있을 때 나에게 와주어 나를 안아주었고, 나는 그런 당신에게 구원받았습니다, 당신이 있기에 지금의 내가 있는 것이고 그런 당신이 나는 한없이 사랑스러울 뿐입니다.

나에게 몇 번이고 물어본다 한들 내 마음이 변치 않는 것을 증명할 수 있습니다, 비참한 나를 품어준 당신을 나는 사랑할 수밖에 없기에.

내게 우울을 버리고 웃어주길

그대의 우울을 내가 가져가도 좋습니다, 그대가 웃을 수 있다면 나는 기꺼이 그 우울을 삼켜낼 자신이 있습니다.

울고 있는 그대가 너무나 아름답지만, 그대의 몸이 썩어 가는 것은 나를 더욱 아프게 합니다.

나는 이미 너무 많이 썩어버렸기에 내가 더러운 모든 것 들을 삼킬 테니, 나를 향해 웃음을 지어 나를 웃게 해주 세요.

그리고는 나를 잊지 말아 주세요.

사랑의 적당히는 존재하지 않는다

나는 가벼운 사랑이 싫다, 나에게 가벼운 사랑 따윈 없었다, 그 사람을 위해 모든 걸 바쳐 사랑해야지.

적당히 사랑하고 적당히 끝낼 수 있는 것은, 사랑이 아니지, 사랑에 적당하다는 게 어디 있어, 그런 사랑을 어찌 사랑이라 표현해.

서로의 존재가 아니라면 살아갈 수 없는 사랑을 했으면 좋겠습니다, 그토록 아름다운 사랑을 이어가 그 끝이 보일 때는 같이 손을 잡고 절벽에서 우리 같이 떨어져요.

아름다웠던 아이

나에게 사랑을 갈구하던 아이에게 입을 맞춰주었다, 입을 맞추어도 사랑을 속삭여 봐도 내 안에 감정은 참혹할 정도로 이 아이를 원하는 감정이 없었다.

나를 바라보며 나를 원하는 이 아이는 너무나 사랑스러웠고, 계속해서 나를 갈구하기를 바라왔다, 내가 사랑을 속삭일 땐 얼굴도 들지 못한 채 내 손끝만을 붙잡고 있던 그 아이가 너무나 애처롭고 아름다웠다.

차라리 내가 너를 사랑했어야 했는데, 나를 바라보는 너의 눈을 바라보는 것이 너무나 죄스럽다.

동화책

내 머리맡에서 너의 목소리로 동화책을 읽어주라, 나는
네가 들려주는 거짓만 담긴 이야기를 들으며 꿈을 꾸겠
다.

동화 속 주인공이 되고 싶었던 아이는 커서 우울을 추앙
하는 글을 쓴다, 이것은 나의 동화 속 이야기일지도 모른
다, 나는 동화 속 주인공이 되었고, 그 결말은 내가 죽는
것으로 끝날지도 모른다.

나에게 동화책을 읽어 속삭여 줘라, 나는 그것을 꿈에서
펼친 후 더욱 비참한 나를 담아 오겠다.

거짓만이 담긴 동화가 아닌 오롯이 나를 가득 담은 동화
를 완성 시킬 것이다.

나는 한없이 약하기에

나는 한없이 약한 존재이기에 너무 많은 상처를 입어버렸습니다, 그렇기에 나는 다시 사랑을 찾아다닙니다, 걷고 걷다 지쳐 쓰러져 모든 것을 포기한 나를 구원한 것은 사랑이었기에, 나는 홀로 너무나 약하고 더럽혀진 존재이기에.

오늘도 사랑만을 애타게 갈구합니다, 나를 구원해 주길, 모든 것을 사랑하는 저주를 받은 나를 구원해 주길.

나는 한없이 약합니다, 그러기에 나는 누군가를 사랑하고 다시 상처받고 그 우울들을 내가 품고 살아가며 내 더러움을 참지 못해 차라리 사랑하려 합니다.

내가 저지른 죄

오늘도 네가 내 꿈에 찾아왔다, 나를 싫어하는 것이 느껴졌고, 나는 그런 너에게 다가가 말을 걸었고 계속 너의 주변에 서성였다.

꿈에서라도 너와 대면해 말을 할 수 있다는 것이 얼마나 행복하던지, 너는 나를 미워하지만 너의 다정함은 없앨 수 없었나 보다, 보고 싶었다, 너와 평범하게 대화하고 싶었다, 함께 어딘가로 가자는 약속을 하고는 나는 행복한 꿈에서 눈을 떠버렸다.

눈을 뜨니 슬퍼져 울어버렸다, 이런 나라서 미안하다고 말하고 싶다, 그리도 많은 시간이 지나도 나는 아직 네가 내 꿈에 나온다.

꿈속에 너는 왜 그리 항상 나를 이리도 힘들게 하는 것인지, 내가 그리도 밉기에 꿈속에서 나를 이리도 행복하게 만들어주는 것일까, 이제는 보내주고 싶다, 더 이상 만질 수 없는 너를 꿈속에서 보곤 울고 싶지 않다.

너를 그만 잊고 싶다, 왜 그리도 예쁜 것일까, 왜 그리도 다정한 사람인가, 보고 싶다, 네가 너무 보고 싶어 눈물이 멈추질 않는다.

홀로 있던 버드나무

길을 걸어가다 커다란 버드나무 한그루가 내 발걸음을 멈추게 했다, 그 버드나무는 크고 너무나 아름다웠고 길게 내려온 나무줄기들이 나를 향해 인사를 건넸다.

나는 내 품에 다 담기지도 않는 커다란 나무를 껴안았고, 내려온 줄기들이 내 뺨을 스치며 나를 간지럽혔다, 다정하고 따듯한 나무였다.

바람에 흩날리는 줄기들은 나를 반겼고 나는 그 줄기에 입맞춤하고는 속삭였다, 네 줄기로 나를 데려가 주겠냐고.

나무는 대답하지 않았고, 나는 그 다정한 나무를 껴안고는 떠났다.

내가 사랑하는 모든 것의 품속에서 죽어가고 싶다, 그보다 행복한 죽음이 있을 순 없을 것이다.

내가 죽는 날엔 비가 오기를

우울한 나날들이었다, 하루를 버티기가 힘들어 바다를 보러 갔다, 바다를 바라보니 자꾸만 죽고 싶어져, 그 자리에 앉아 홀로 울고 있었다.

집으로 돌아가는 길의 하늘을 올려다보니 너무나 아름다웠다, 저리도 아름다운 하늘을 바라보니 내가 더욱더 비교되어 고개를 떨구고는 움직이지 않는 발을 겨우 어르고 달래며 갔다.

내 세상은 이리도 망가져만 가는데 올려다본 하늘은 왜 그리도 아름다운가, 내가 아무리 외치고 울어보아도 저 하늘은 너무나 밝고 아름답게 빛나고 있다.

내가 죽는 그 날엔 꼭 비가 왔으면 좋겠다, 그 비를 맞으며 내가 사랑한 사람들의 눈물을 감춰줬으면 좋겠다, 울어도 저 하늘을 핑계 삼아 모습을 감출 수 있기를.

자유

바다 위에 날개를 펼치고 날아가는 새를 동경했다, 물속에서 아름다운 지느러미를 늘어뜨리고는 유영하는 물고기를 사랑했다, 저 바람에 흩날리는 꽃들이 부러웠다.

꿈속에선 나는 하늘을 날았고, 물속에 들어가 내 머리칼을 늘어뜨리고는 유영했으며 바다로 가 바람에 나를 흩날렸다.

하지만 나는 자유로워지지 않았고, 저 날아가는 새를, 물속에 저 물고기를, 저 꽃들을 사랑하며 살았다.

자유로운 저들을 탐했고, 부러웠다, 자유로워지고 싶었다, 이리도 깊은 우울함에 잠긴 것이 아니라, 작고 어두운 방에 갇힌 내가 아닌 평안하고 자유로워지고 싶었다.

나는 자유로운 사람이 될 수 없기에, 저 바다로 가서 내 몸을 담아야지, 나의 꽃들과 물고기들이 나를 위해 노래를 불러줄 것이다, 나는 그곳에서 춤을 추며 비로소 자유로워질 것이다.

당신을 사랑해서 미안합니다

당신이 내 글을 봐줬으면 좋겠습니다, 추하고 비참한 모습들 뿐이지만, 그 속에 담긴 당신을 찾아주세요.

나를 원망해도 좋습니다, 나를 저주해도 다 받아 보겠습니다, 당신에게 다시 사랑을 고할 염치 따윈 없기에, 그냥 내 글의 담긴 당신을 찾아주길 소망합니다.

이 소망도 너무나 큰 소망이지만 꼭 말하고 싶어요, 당신은 나에게 가장 큰 행복과 우울을 쥐여준 사람이지만, 당신이 있기에 지금의 내가 글을 씁니다.

나를 소름 끼치고 싫어할지 모르지만, 당신을 좋아하는 이 마음이 사라지질 않습니다.
.
.
.

미안해요, 당신을 아직 마음에 두고 있는 나라서,

미안해요, 내가 아직 당신을 사랑해서,

미안해요, 이런 나여서.

언제까지고 사랑을 속삭일게

너에게 한가지 말을 알려줄 수 있다면 나는 "사랑해"라는 말을 알려줄 거야.

네가 마지막 눈을 감기 전까지 사랑한다는 말만을 계속해서 속삭일게, 그러니 내가 너를 얼마나 사랑하는지 꼭 품에 다 안고 가주렴.

내가 속삭이는 사랑을 너에게 알려주고 싶다, 하루에 시작과 끝에 속삭이는 사랑을 네 마음속에 가득 담아줄게, 그러니 그 뜻을 알기까지 내 곁에 머물러 나에게 사랑을 나눠주라.

내가 그 사랑을 전부, 아니 그보다 더 많이 줄 테니 우리 느리게 걸어가자, 시간이 너무 빨리 도망가지 않도록 우리 꼭 천천히 걸어가며 사랑이란 단어를 알아가자, 언제까지고 너에게 사랑을 속삭일 테니, 내 곁에 머물러 줘라.

사랑스러운 내 아가, 나와 평생을 약속할 순 없는 걸까, 네가 없는 세상을 내가 어찌 버틸 수 있을까, 나와 함께 살아갈 순 없는 거니, 나는 죽음이 너무나 무섭다.

새벽은 너무나 소란스럽다.

혼자 남아 있는 이 새벽은 너무나 소란스럽기 그지없다, 창문을 여니 달밤에 나온 작은 생명들이 울어댔고, 잠들어 있던 꽃들은 길가에 피어난 작은 꽃들을 욕하기 바빴다.

저리 서럽게 울어대는 아이는 어디에 피어난 들꽃인가, 내가 그곳으로 가 너를 내 품에 품고 사랑을 속삭일 테니 그리 슬프게 울지 않았으면 좋겠다.

저 담장 위에 피어난 꽃들이 너를 욕보이는 것은 자신에게 없는 너의 향기를 시샘하는 것이고, 너만이 지닌 그 주황빛 색을 탐하기에 저리도 떠들어 대는 것이니 그리도 아름다운 모습으로 슬프게 울며 새벽을 깨우지 말아줘라.

네 모습을 바라보지 못하여 그리 못났다고 생각하는 것일까, 너는 자신을 바라볼 수 없지만 나는 너를 바라볼 수 있다, 그러니 나를 보고 미소를 띄워줘라, 더없이 어여쁜 모습을 내 눈에 담게 해줘라.

시스투스

숲을 거닐다, 어딘가 슬픔에 잠겨 있는 하얀 꽃들이 있는 장소에 앉아 말을 걸었다.

"그리 아름다운 모습을 한 채, 왜 그런 표정을 하고 있니."

그 꽃은 한참을 말을 꺼내지 않았고, 나는 기다리다 그 서글픈 꽃에 내일도 찾아오겠다며 약속을 남겨 놓곤 입을 맞췄다, 돌아가는 나의 뒷모습에 한 마디를 흘려보내고는 그 꽃은 하염없이 울기만 했다.

다시 찾아온 그 꽃밭은 이미 불타버려 재가 되어 사라졌고, 나는 불타 없어진 꽃밭에 누워 내 뒷모습에 말을 건넨 그 꽃을 되새기며 눈물을 흘렸다.

"나는 내일 죽어요"

내 몸을 태워 너에게 갈까.

언제였나 나에게 그런 말을 하지 않았나, 혹여 내가 너무 보고 싶다면 편지를 써서 태워 바람에 날려 달라고, 그럼 그 편지를 꼭 읽겠다며.

내 몸을 태워 너에게 갈 수는 없을까, 이리도 보고 싶은 마음을 고작 편지 하나로는 나는 다 담아내지 못한다.

내 몸을 태워 너에게로 갈까, 너에게 가서 보고 싶었다며 너를 안고 울음을 터트리면 안 되는 것일까.

지독한 외로움

홀로 있는 것은 왜 이리 익숙해지지 않는 걸까, 이제는 익숙해질 만도 한데 왜 이리도 홀로 지내는 것이 이리도 힘들까.

시선을 돌려봐도 그곳엔 모두가 웃으며 손을 잡고 걸어간다, 그들을 시샘했고 한편으론 너무나 부러웠다, 나는 너무나 외로워 길에 있는 나무를, 길가에 피어있는 꽃들을 벗 삼아 내 힘듦을 털어놔야겠다.

저 달은 내 모난 모습을 보지 않기를

거울에 비친 나 자신이 너무나 혐오스러워 커튼을 치고 불을 껐다, 아무것도 보지 못하도록 눈을 뜨고 감아도 내게는 암흑밖에 보이지 않도록.

나 자신을 사랑할 순 없을까, 나를 소중히 대할 순 없는 것일까, 내 모난 모습들로만 가득 찬 나를 나는 사랑할 수 없다.

이런 내 모습으로 사람을 만나는 것이 두려워 아무도 만나지 않았다, 스스로가 방문을 걸어놓고는 외로워하는 꼴이라니, 그 모습마저 역겹구나.

외로워 누구라도 붙잡고 싶지만 이런 나를 안아줄 사람은 없기에, 나를 비추는 저 달빛에 나의 설움을 토해내야지, 어두운 방 안에 숨어 저 달에 사랑을 고해야지, 나를 찾으려 해도 볼 수 없도록 나는 더욱더 어두운 방 안으로 들어가야지.

나는 모르겠습니다.

어머니 나는 너무나 나약합니다, 작은 것이라도 사랑하고 상처받습니다, 누군가를 사랑하는 것이 너무 두렵습니다, 홀로 외로운 밤을 지새우는 것이 너무나 힘듭니다.

이토록 여린 마음과 작은 것이라도 소중히 여기는 어머니의 마음을 받은 나인데, 이것을 어찌 이겨내야 하는 것인지 나는 모르겠습니다, 아직 너무 두렵고 무서운 것들이 나의 발걸음을 멈추게 합니다.

아직도 어리고 어린 나를 안아주세요, 두려운 것을 이겨내는 법을 알려주세요, 상처받지 않고 사랑하는 법을 알려주세요, 나는 너무 어리고 나약한 사람입니다, 나에게 방법을 알려주세요.

해파리

해파리는 심장이 없어서 영원을 살아가며 넓은 바다를 유유히 헤엄치며 살아간다고 하던데.

다음 생에는 해파리로 태어나 영원을 살며 바다를 헤엄치며 살아야지, 그렇게 바다를 다 담아야지.

나를 떠올려 주길

너도 가끔은 우리가 사랑했던 그 시절을 생각할까, 너를 사랑한 나를 그리워해 줄까.

자주는 아니어도 가끔이라도 내 생각을 해줬으면 좋겠다, 나만 이리도 너를 생각하는 것이 아니었으면 좋겠다.

나를 떠올리며 울어주길 소망한다.

숲속의 말

공허한 숲을 거닐다 위를 올려다보니 나뭇잎 사이로 부서지는 빛들이 내 눈에 한가득 담기고, 나를 간지럽히는 바람이 나뭇가지를 빌려 나에게 인사를 한다.

천사의 날개와 귀를 빌려 저들에게 다가가 인사를 청하고 싶다, 저들이 부르는 노랫소리를 듣고 싶다, 저들도 나를 바라보고 있을까, 한없이 작디작은 나에게도 사랑을 속삭여 줄까.

눈을 감고 저들이 속삭이는 말들을 들어본다, 저들에게 나는 추악한 존재가 아닐까, 저들이 속삭이는 것이 모진 말들 뿐이라 한들, 나는 내일도 이곳에 와 저들에게 구애해야지.

까마귀

햇빛에 눈이 부셔 눈을 돌린 그곳엔 깊고 어두운 숲속이 있었다, 이리도 해가 뜨거운데 저 숲속만은 왜 그리도 어두운가, 그 숲속 위엔 까마귀들이 노래를 불렀고, 바람이 머물렀다.

나도 저곳으로 가야지, 낮은 너무나 두려운 것이 많으니, 낮인지 밤인지 모를 저곳으로 들어가 까마귀에 노래를 들으며 살아가야지.

내 살을 뜯어 까마귀에게 던져주고 남은 몸은 햇볕에 타지 않도록 이 숲에 숨겨놔야겠다, 아무도 오지 않는 이 숲으로 도망쳐야지.

나를 찾으러 오는 당신은 분명 저들에게 살을 나눠주고 나를 안아주러 올 것이다, 나는 그런 당신을 바라보며 눈물을 흘리려 한다.

탄생화

담장 위에 한가득 내려온 나무 넝쿨이 너무나 아름다워, 나도 그곳에 내 몸을 맡겨 누웠다, 저 넝쿨이 나도 감싸주길, 내가 어떤 사람이었는지 누구도 모르도록 저 넝쿨에 감겨 내 부끄러운 몸을 숨기려 한다.

그 넝쿨 밑엔 라벤더꽃이 한가득 피어있었다, 나와 생일이 같은 저 꽃과 같이 누워서 나비를 기다려야지, 누군가 그 꽃을 따다 사랑을 고하는 것을 같이 지켜봐야겠다.

내 생일이 다가오면 내 옆에 피어난 꽃과 함께 우리의 탄생을 축하하자, 나도 너와 같은 색을 내뿜을 수 있을까, 나에게도 저 나비가 찾아와 사랑을 속삭여 줄까, 이 넝쿨에 잠겨 비로소 아름다운 꽃으로 다시 태어나야겠다.

너의 기억 속엔 내가 있기를

너를 기다리는 모든 순간에 항상 너의 손에 꽃다발을 쥐여줬다, 나는 너의 손에 꽃을 쥐여주기 위해 항상 너보다 먼저 나와 너를 기다렸고, 처음 받아 보는 꽃다발에 너는 너무나 어여쁜 미소를 들어냈고, 나는 그런 너를 바라보는 것이 너무나 행복했기에.

먼 훗날 우리가 헤어져도 네가 꽃집을 지나갈 때면 너의 손에 꽃다발을 쥐여준 나를 한 번이라도 떠올릴 수 있기를 바라며, 네가 눈을 돌리는 모든 곳엔 우리가 담겨있기를 바란다.

시간이 많이 지난 지금 너는 다른 이에게 꽃을 받았을까, 나는 그 꽃을 받을 때마다 그곳에 담겨있는 나를 떠올리길 간절히 소망해 본다.

그렇게 계속 나를 잊지 말아줘라, 너의 기억 속에 나를 떨쳐내지 말고 계속해서 품어줘라.

아픈 손가락

너의 귓가에도 악마가 살고 있다, 그 악마는 너에게 의심
과 질투를 속삭이겠지, 우리 같이 기도하러 갈까, 그곳에
가서 서로 회개할까, 용서받지 못한 죄를 사하여 달라 외
쳐볼까, 우리의 귓속에 살아가는 악마를 뜯어 없애달라고
고해보자.

그리고는 천사를 선사해달라 해보자, 신께서 우리의 기도
를 처참히 무시하고 짓밟아 버린다면 더 많은 죄를 지어
우리를 바라보도록 하자, 그리고는 사랑해 달라며 울며
외쳐보자, 아픈 손가락이 되어 우리를 이리 방치할 수 없
도록, 언젠가 죄 많은 우리를 사랑해 줄 때까지.

닿을 수도 없는 것을 사랑했다.

감히 하늘을 사랑해선 안 됐는데, 가질 수 없는 것을 탐했고 나의 모습을 잊은 채 감히 저 하늘을 사랑했다.

바라만 보기엔 손을 뻗으면 닿을 것만 같았고, 사랑하지 않기엔 너무도 아름답고 사랑스러워 탐하지 않을 수 없었다.

주제에도 맞지 않는 것을 사랑했지만, 주제에 맞지 않기에 사랑할 수밖에 없었다.

제 3장 우리가 속삭인 사랑

애착

홀로 누워 피드를 보던 중 계속해서 올라오던 다정하고 어여쁜 연애 이야기들을 보며 "난 어떤 사랑을 해왔더라"라며 중얼거리며 내가 해왔던 사랑을 생각해 보았다.

예쁘지만 그리 따뜻하진 않았던 사랑이였다, 나란 사람에게 사랑은 날마다 속에서 끓어오르는 감정을 주체하지 못한 채 소리를 지르며 울부짖고 몇 번이고 다 끊어진 줄을 붙잡고 한없이 기다렸다.

내 주변 사람들은 하나 같이 같은 말을 내게 건넸다, 그것은 이별이라고, 사랑이 아니라며.

아니다, 그것이 나의 사랑이다.

매일 울다 지쳐 잠이 든다 해도, 날 바라보지 않는 것을 갈구하는 것도, 그것이 나를 죽인다고 하여도 그것은 나의 사랑이다.

다정한 사랑이 내게 물든다면 나는 금방이라도 그 온기가 사라질까 불안해하며 당신을 붙잡고 울며 매달릴 것이다, 계속해서 확인하고 확인하는 날 보곤 다정했던 그가 점점 날 포기해 가는 과정이 나를 죽인다.

이것이 보잘것없고 추한 나의 사랑이다.

애증

당신을 원망하는 내 품 안엔 사랑이 자리를 잡고 있습니다.

나 자신이 망가져 버릴 때 비로소 당신을 사랑했던 나를 직면해요, 좋아했습니다, 사랑했습니다.

.

.

.

아직 난 과거형을 쓰기엔 나약한 사람인가 봅니다.

당신을 사랑해요, 옷자락이라도 좋으니 한 번만이라도 스치기를 그렇게라도 나와 마주칠 수 있기를 간절히 소망합니다.

절연

우리가 만난 건 인연이 아닌 운명이었고 우리가 머물다 간 곳은 그림이 되었다.

영화 같은 사랑을 하였고, 오직 너를 만나기 위해 내가 존재하는 것이 아닐까 생각했다.

한없이 밝게 미소를 띠던 우리는 어쩌면 눈이 부셔 눈이 멀어 버린 게 아니었을까.

난 눈이 멀어버린 채 내가 들고 있는 게 독인지도 모르고 품어버렸다, 운명이라 믿었기에 참아왔던 결과는 서로에게 눈이 멀어버린 것이 아니라, 멍청한 나 자신이 내 눈을 팔아버린 것이었다.

나는 앞이 보이지 않은 채 바닥이 기고 기어봐도 너는 여기에 없었다.

주제에도 맞지 않는 것을 원하고 보았기에 눈이 멀어버렸나 보다.

환몽

꿈을 꾸었다, 당신이 내게 다시 사랑을 고하던 꿈.

그 순간 나는 세상을 다 가진 어린아이처럼 웃었고 이것이 꿈이지 않길 빌고 또 빌었다.

혹여 꿈속이라 한들 다시는 깨어나고 싶지 않았다, 네가 떠난 후 비참하고 더러워진 내게 다시 사랑을 속삭이는 당신이 너무도 아름다웠다.

이렇게 가까이 바라본 것이 정말 꿈 같았다.

다시 한번 안아 보려 손을 뻗자, 난 그 허황한 꿈속에서 깨어나 버렸고 다시 한번 절망했다.

그래, 네가 나에게 다시 한번 사랑을 속삭이는 것은 꿈만 같은 일이었구나.

꿈이라면 한 번만 다시 안아 보게라도 해주지, 그럼 내가 지금 이렇게까지 숨이 쉬어지지 않을 정도로 잠겨 가진 않을 텐데.

환각

길을 걸어가다 저 멀리서도 단 한 번 만에 알아볼 수 있
던 너를 보았다, 하마터면 달려가서 너를 붙잡고는 그 자
리에서 주저앉아 사랑한다고 매달릴 뻔했다.

내 안에서 요동치는 심장 소리가 너무 커서 저 멀리 있는
네가 듣고 도망갈까 움직이지 않는 다리를 끌어와 숨었
다.

이미 떨어지는 눈물을 닦아내기도 전에 사라지는 널 내
눈에 한순간이라도 더 담아야만 했다, 너의 잔상이 사라
질 때까지 너의 뒷모습이라도 보며 사랑한다고 속으로 울
며 말하던 나였다.

혹시 너도 나를 보았을까, 차라리 보지 않았으면 한다.
너무 망가진 내 모습이 부끄럽기에, 네게는 보여주고 싶
지 않은 내 마지막 모습이기에.

겨울

나는 계절 중 겨울을 가장 좋아한다, 새벽녘에 코끝에서 풍겨오는 겨울이 냄새가 나는 좋다.

창문을 열어 숨을 들이쉬니 코끝에서 겨울의 냄새가 은은하게 퍼졌다, 겨울이 다가오나 보다 그 냄새는 차가웠고, 어딘가 모르게 쓸쓸했다.

창문 밖으로 손을 내미니 손끝이 저릿해지며 차가워졌다, 나는 차가운 손끝으로 당신의 뺨을 어루만졌었는데, 그럼 당신은 차가워진 내 손끝에 키스하며 날 바라보곤 했었는데.

이제는 손을 뻗어 맞닿을 사람 따윈 존재하지 않기에 내 뺨에 흐르는 눈물로 내 손을 위로 해야겠다.

당신이 맞닿지 않은 부분은 없던 걸까, 손끝 하나에 다시 또 무너지는 날 보며 따스했던 당신을 좀 더 미워하기로 했다.

썩은 사탕

그렇게 달콤한 말을 나에게 건넸으면 끝에도 달콤한 거짓
말로 나를 떠나주지.

그런 식으로 나에 대한 욕설만을 퍼부어 놓고 가버리면
내가 안고 있는 너의 말들이 거짓말로 느껴지잖아.

그렇게 떠나버릴 거였으면 사랑한다고 하지 말지.

네게 들었던 말 중 가장 달콤한 말이었는데
.
.
.

믿어왔던 모든 게 거짓이 되는 순간.

미소

안아달라며 팔을 벌린 날 보며 세상에서 그 무엇보다 행복한 미소를 지으며 달려와 안긴 너를 보곤 그 자리에서 울어버렸는데, 내게 너무 과분했던 사람이었기에.

차라리 못난 모습만 기억나면 좋을 것을, 가장 행복했던 순간만이 너를 추억하고 있다.

아직 겁이 많은 아이

당신의 품에 잠겨 잠들던 중 내 품에서 당신이 사라지는 것을 느껴 눈을 떴다.

막 눈을 뜬 나에게 잠시 어딘가를 다녀온다는 말을 남겨 놓고 떠나는 당신을 떠지지도 않는 눈을 억지로 뜬 채 붙잡았다.

"어디 가요, 날 두고 어디를 가요, 내가 여기에 있는데 왜 날 두고 가요 싫어요, 가지 마요 여기 있어요."

그 새벽에 오열하며 애원했다, 날 두고 그대로 사라질까 무서워 어렸던 나의 기억 속 이별이 생각나, 그 사람을 당황하게 했다.

끊임없이 우는 날 보곤 안아줬다, 그 어두웠던 새벽녘에 잠이 오지 않아 거실에서 핸드폰을 하려던 당신에게 뭐가 그리 무섭고 서러웠는지 당신의 등을 붙잡은 채 울다 잠 들었다.

존재하지 않은 것을 사랑했다.

당신을 내 눈을 참 좋아했다.

내 눈을 바라보고는 내 눈을 가지고 싶다 했다, 내 눈을 뽑아 병에 담아 온종일 보고 싶다며 나에게 속삭였고 그 말이 난 사랑스러웠다.

하루는 내 눈을 핥아 보고 싶다고 하였다 나는 왜 그리 내 눈을 가지고 싶냐고 물어봤고 예뻐서, 라는 말을 뒤로 듣진 못했다.

그런 그를 사랑했다 내 입술을 바라보다 입을 맞추며 내 목을 잡는 당신이 그 누구보다 사랑스러웠다.

하지만 입을 맞추며 바라본 그의 눈엔 내가 없었다, 아무 감정이 들어있지 않았다.

날 사랑하지 않았다, 날 소유하고 싶은 것 이외의 사랑이란 단어는 존재조차 하지 않았다.

나는 내 눈을 뽑아 그에게 쥐여주곤 눈이 없는 채 울었다.

날 바라보는 눈동자

날 바라보는 당신의 눈이 좋았습니다, 그 시선의 끝에 내가 있다는 사실이 나를 웃게 했습니다.

날 만져 주고 안아주는 따듯했던 당신의 손끝이 차가워진 내 손을 따스하게 만져 주고는 왜 날 떠난 거죠.

나는 어딜 바라보며 웃고, 악몽에서 깨어나 누구를 껴안고 울어야 하는 건가요, 날 떠날 거였으면 모든 것을 가져가지, 미련도 남김없이 가져가지 이젠 악몽이 아닌 우리의 추억이 잔뜩 묻어있는 곳을 바라보며 울고 있는 나를 구원하러 와주세요.

나는 우리가 함께 눈을 맞고 웃으며 입을 맞추던 그곳에 머물고 있습니다.

그냥, 그렇다고

오늘은 그냥 복숭아가 너무 달콤해서.

여름의 끝 무렵 밤공기가 너무 좋아서.

우연히 들려오는 노래가 너와 내가 같이 나눠 듣던 노래
라서.

그냥, 감기가 잘 걸리던 너에게 가을이 오면 몸조심하라
며 작은 안부가 묻고 싶어서.
.
.
.

보고 싶다, 그냥 네가 보고 싶어 세상에 있는 모든 것에
이유를 대며 핑계를 만들어본다.

가장 로맨틱한 고백

나와 같이 하늘에서 떨어져 죽자.

마지막으로 같이 하늘을 날아 보곤 서로를 눈에 가득 담고 죽어버리자, 가장 아름다운 모습을 담고 서로를 껴안은 채, 같이 불 속으로 들어가자.

그 어떤 누구도 우리를 손가락질할 수 없게 아주 멀리 가서 우리의 죽음을 장식하자 땅에 떨어지기 직전에 나에게 입맞춤을 약속해 주길, 우리 평안한 끝을 보내자.

동정심

나를 애타게 찾고 바라보는 널 보며 예전에 내가 사랑했던 날들이 생각이 났다, 안쓰러웠다 내 눈에 넌 발끝조차 담그질 못했기에 널 사랑한다며 감정도 없는 것을 속삭이곤 했다.

내가 사랑한다고 얘기할 때 너는 아주 예쁘고 곱게 웃었다, 그런 너를 봐도 사랑이란 감정이 생기려는 기미조차 보이지 않았고 그런 너에게 이별을 고했다.

너는 서럽고 아프게 울었다, 없던 감정마저 생길 것만 같은 착각이 날 정도로, 그 모습조차 예뻤던 너 이다.

"난 널 사랑하지 않았어, 네가 원했기에, 그토록 원하던 것이기에 너에게 존재하지도 않은 사랑을 속삭였어."

이런 모진 말을 들어도 너는 나를 붙잡았다, 이리 모진 말만 담는 내가 무엇이 그리도 좋을까, 마치 나를 보는 것 같은 동정심에 마지막으로 안아주고는 그 사람을 떠났다.

그 시절 너의 눈에도 내가 저리 불쌍하게 비추어졌었을까.

비가 오던 어두운 밤

비가 엄청나게 쏟아지던 날, 나는 우산을 펼 힘조차 없었기에 온전히 비를 맞으며 걸어가다 지쳐 쓰러져 쓰레기 더미 위에 누웠고, 그대로 눈을 감고 싶었다.

그런 나에게 너는 커다란 우산을 씌워주었다.

나는 떠지지도 않는 눈을 겨우 떠 너의 얼굴을 보려 해도 날이 어두웠던 탓일까, 아무리 보아도 보이지 않았다, 하지만 보이지 않아도 알 수 있었다, 내가 그토록 바래 온 너였기에, 내심 나를 잡고 일으켜 데려갔으면 하는 소망도 있었다.

하지만 너는 우산을 내 곁에 두고는 그대로 다시 떠나버렸다, 내게 건넨 우산은 너무나 컸다.

나는 그 커다란 우산에 홀로 서 있는 것이 나를 더욱 죽여갔고, 그 자리에 너의 흔적을 두곤 다시 비를 맞으며 걸어갔다.

너는 마지막까지 참으로 다정한 사람이었고, 나는 마지막 모습조차 추한 사람이었다, 차라리 모른 척 지나가 주지, 왜 그리 다정한 모습만을 보여주고 가는가.

자비

난 당신의 우울마저 사랑할 수 있습니다.

나에게 그 우울을 뿌려대도, 당신이 나를 죽인다고 하여
도 나는 당신을 사랑할 것입니다.

이런 나를 안쓰럽게 여겨 나를 거둬주세요.

이루어질 수 없는 사랑

내 꽃밭을 짓밟지 마라, 내 것이다. 내가 가꾸어낸 소중한 꽃밭을 그리 밟지 말아 달라며 울며 소리쳤다.

그것들은 내 꽃밭을 남김없이 밟아 없애버렸고 나는 다시 한번 절망했다, 내 추억들이 내 기억들이 짓밟혀 보이지 않는다.

그 사람이 돌아오기까지 이 꽃밭을 지키기로 하였다, 나에게 꼭 돌아온다고 말해주었다, 그럴 희망이 없기에 이리도 짓밟혀 버린 것일까.

내 손에 남은 피안화 한 송이를 손에 꼭 쥔 채 당신을 하염없이 기다립니다.

사랑

같이 잠이 들던 날 잠시 눈이 뜨여졌던 그 순간, 나를 안고 자던 당신은 내 얼굴 근처에 손을 펴 날 가려주고 있었다.

나는 의문을 품고는 다시 잠이 들어 다음날 당신에게 말을 건넸다.

"새벽에 눈을 떴는데 당신이 내 얼굴을 가리고 잠이 들고 있었는데 잠꼬대인가요?"

.

.

.

"밖에서 새어 나오는 달빛이 당신의 얼굴에 비추길래 혹여 눈이 부셔 일어날까, 그 빛을 가려주다 잠이 들었나봐요"

어찌 이리도 사랑스럽기 그지없는 사람이 있을까, 당신을 바라볼 때 나는 이 사랑을 의심조차 할 수 없었습니다.

이런 사람을 어찌 내가 사랑하지 않지 않을 수 없지 않은가.

사계절

봄이 찾아오면 나와 벚꽃을 바라보며 길을 걸어가자.

여름이 되어 세상이 푸르게 변하면 바다에 가서 발을 담
그며 도망가자.

가을이 찾아와 우리를 힘들게 한다면 같이 산속에 오두막
을 짓고 살아가자.

겨울이 되어 세상이 하얗게 물들어 갈 때쯤 밖으로 나와
같이 눈을 맞으며 그 속에 파묻힌 채 같이 죽어가자.
.
.
.

우리 그렇게 사계절을 보내자 우리의 마지막 계절을 가장
아름답게 즐길 수 있도록.

전하지 못할 투영

그대에게 기대어 같이 바다를 바라보고 있던 어느 날, 그대를 바라보니 옛날의 그 아이가 겹쳐 보였다.

처음이었다, 그 많은 시간을 보내면서 이리 겹쳐 보였던 것은, 그리고는 화와 함께 가슴으로부터 무언가 서글픈 감정에 눈물을 참지 못한 채 흘려보냈다.

지금 내가 바라보고 있는 당신은 내가 만질 수 있는 사람인 것일까, 혹여 내가 아직 상상 속에서 벗어나지 못해 허상을 보고 있는 것은 아닐지.

나는 두려움에 당신의 손을 내 뺨에 올려두었다, 따듯했다, 따듯하며 다정한 손길이 느껴졌다.

"아, 정말 내 애인이구나, 힘들었던 과거의 그 사람이 아닌 따듯한 손을 내 곁에 내어주는 사람이 지금 내 옆에 있구나." 라며 안심하던 순간이었다.

다정하며 서툰 그 손길이 나를 어루만졌고 나는 그 손길을 느끼며 생각했다.

내가 울었던 것을 이 사람은 모를 것이라며 눈을 감았다.

많은 죄를 지은 우리

희미하게 남아 있는 너의 숨결이 느껴진다, 나를 향해 손을 뻗는 네가 사랑스러워 너의 얼굴의 내 뺨을 맞대어 내가 곁에 있다는 것을 알려준다.

너의 숨결이 끊기기 전에 너의 몸 곳곳에 입을 맞춘다, 눈을 감기 전 마지막까지 네가 나를 온전히 느낄 수 있도록.

나의 망가진 모습을 보여주고 싶지 않기에 내 손으로 너의 눈알을 파내어 그곳에 꽃을 심어놨다, 그 꽃들의 뿌리가 너의 몸 깊숙이 파고들어 너의 숨결이 멈출 때 가장 아름다운 꽃을 피워내길.

이런 나를 힘껏 원망하면 좋을 것을, 눈도 보이지 않는 너는 꽃을 피워낸 채 나를 향해 웃어주었다.

나도 너를 따라가야지, 붉은색으로 가득한 꽃밭에 너를 눕혀 놓곤 내 심장을 도려내어 꽃들을 뜯어내 안에 욱여넣곤, 네 옆에 누워 부스러지는 너의 손끝을 잡고 너와 함께 지옥으로 떨어지려 한다.

다정하고 다정한 거짓말

달콤한 거짓말인 걸 알아도 나는 네가 나에게 사랑을 속
삭이는 게 너무나 행복해 너를 제대로 쳐다보지 못했다.

왜 그리도 다정한 말들은 너무 달콤한 거짓말밖엔 되지
않는 것일까.

담배 냄새

나는 담배 냄새가 싫다, 지독한 연기가 내 몸에 배는 것도, 입을 맞추는 순간에 그 사람이 향기가 아닌 담배 냄새가 나는 것도.

담배 냄새를 싫어하는 나를 위해 기꺼이 담배를 입에 대지 않았던 사람이 시간이 지날수록 내 앞에서 담배를 태우는 일이 잦아들었고 그런 당신을 나는 계속 바라보았다.

나는 편의점으로 가서 아무 담배 하나를 사와 그 사람 앞에서 그 한 갑을 다 피웠고 그는 나에게 화를 내었다, 뭐하는 거냐며 나에게 화를 내는 당신을 바라보고 나는 입을 맞추어 키스했다.

"내 몸 어디에도 나의 향기가 나지 않아요.

담배 냄새로 가득한 입으로 당신에게 입을 맞추고 사랑을 속삭입니다, 나는 못 피우는 게 아닙니다, 당신에게 내 향기를, 내 몸에 당신의 향기를 품고 싶은 것인데 너무 큰 바람이었나요."

이런 내 모습이 좋다면 기꺼이 받아들이겠지만 그것이 아니라면 담배 냄새로 가득한 모습으로 나를 품지 말아 주세요.

시선의 끝

당신과 함께 지내는 시간이 나는 무엇보다 소중했습니다,
무엇을 하던 내 시선의 끝엔 당신이 있었고 당신을 향해
사랑을 속삭였습니다.

같이 밥을 먹을 때면 당신의 시선은 핸드폰에 향해 있었
고, 같이 누워 있을 때도 당신은 나를 바라보지 않았습니
다.

나는 핸드폰을 바라보며 밥을 먹는 당신만을 바라보았고,
나를 바라봐 주지 않는 당신을 바라보다 잠이 들곤 했습
니다.

이것이 우리가 헤어지는 이유입니다, 당신은 나를 바라보
지 않아요, 나는 그 긴 시간을 홀로 당신만을 바라보며
지내왔는데, 나를 바라보지 않는 당신이 너무나도 미워져
나를 포기하게 합니다.

우리가 헤어져도 나는 아직 당신을 바라보고 있습니다,
이런 나 자신이 가장 싫어지는 순간입니다.

내가 발을 딛는 모든 것은 작품이 될 테니

내 손을 잡고 같이 새하얀 눈을 맞으며 걸어가자.

이미 더러워진 우리가 하늘이 내려준 새하얀 눈을 맞으며 걸어가자, 하늘의 뜻을 나와 함께 더럽혀 보자.

새하얀 눈을 밟으며 우리의 모습을 뿌리고 다니자, 그 눈을 밟으며 우리는 서로의 손을 맞잡고는 함께 춤을 춰 보자, 그 모습은 이 겨울 중 가장 아름다운 풍경이 완성될 테니.

내 이름을 불러줘라.

죽어가는 너에게 입을 맞추었다, 어릴 적 꿈꾸던 동화는 모두 허상이었나, 너는 왜 아직도 그리 누워 있는 것인가.

눈을 뜨고 그 어여쁜 눈망울로 나를 바라봐줘라, 입을 열어 나에게 달콤한 말을 속삭여 줘라, 그 가녀린 손가락으로 나를 어루만져줘라.

그토록 싫어했던 동화 속 내용도 믿으라면 믿겠다, 다시 한번 삶을 살아가라면 너와 함께 살아가겠다, 너와 내 눈이 먼다고 하여도 서로를 어루만지며 살아갈 테니 다시 한번만 내 이름을 불러줘라.

네가 나였고 내가 너였는데 네가 사라지면 나도 같이 그 길을 따라가겠다, 우리 같이 지옥에 빠져 사랑을 속삭이자, 그 지옥이 얼마나 힘들다고 한들 네가 없는 세상보단 나는 너의 손을 맞잡고 같이 빠져 죽겠다.

심해

나를 숨 쉬게 해주세요, 물속에 잠긴 나는 숨을 쉬려 해
도 쉴 수가 없습니다, 나는 가라앉은 채 저 심해 속에서
흘러가고 있을 테니 그대가 물고기가 되어 나를 찾아주세
요.

나를 찾지 못한 채 그대가 떠돈다고 하여도 내가 이곳에
서 당신을 애타게 부르고 있을 테니, 내 숨이 멎어도 당
신은 나를 찾아 나를 위해 눈물을 흘려주세요.

세상 모두가 나를 잊고 살아간다고 하여도 당신은 나를
위해 그리워해 주세요.

사랑받기엔 너무도 더러워진 우리

나와 함께 저 강가에 몸을 담가 춤을 춰 볼까요, 아무도
우리를 방해할 수 없게 저 깊은 곳으로 들어가 우리 같이
춤을 춰 봅시다.

그 누가 우리를 손가락질한다면, 저기 저 바람에 저들의
발을 넘어뜨려 달라 같이 빌어봅시다, 그 누가 우리를 입
에 올려 망가뜨린다면, 저기 저 요동치는 파도에 저들의
더러운 입을 씻겨 달라 같이 빌어봅시다.

이제 그 누구도 우리를 갈라놓을 수 없으니, 우리는 저
깊은 강가에 가서 사랑합시다, 사랑받을 수 없는 우리는
여기서 서로를 품어 외로움을 달래 봅시다.

내 눈에 당신이 담겨있기를

내가 잠이 들기 전까지 나와 눈을 맞추어 주세요, 내가 악몽에 눈을 떠도 내 앞에 있어 주세요.

내가 눈을 감고 뜨는 모든 순간마다 내 눈에 당신을 가득 담아주세요.

당신이 내 눈에 담겨있다면 나는 아침이 오는 것도, 악몽을 꾸는 것도, 달게 받아드릴 수 있습니다.

없어지지 않는 추억

길을 걸어가다 굴러다니는 돌멩이 하나를 보곤, 당신과
함께 돌멩이에 소원을 빌었던 게 생각이 나, 그 자리에
멈춰서서 제 눈을 가려 앞을 보지 못했습니다.

어디를 바라보아도 당신과의 흔적이 넘쳐나기에, 나는 어
디를 보곤 눈을 돌려야 할지 모르겠습니다.

갈망해온 감정

3년, 자그마치 3년이란 시간 동안 난 사랑하지 못했고, 누 군가를 만난다 해도, 그것은 그리 오래 가지 못한 채 부 서져 버렸다.

내가 사랑한 당신은 나에게 사랑이란 감정을 심어 준 사 람, 당신으로 인해 사랑의 기준이 생겨버렸고 그 기준에 못 미치는 얕은 사랑들은 다 부스러져 없어졌다.

그런 나의 사랑이란 철장 속에, 그대는 갑작스레 나를 찾 아왔고, 내가 잃어버린 감정을 되돌려다 주다 못해 더욱 커지게 만들어 놨다.

나는 다짐했었다, 사랑하는 이가 내 눈앞에 다시 한번 나 타난다면 상처받을 나를 위해 기꺼이 포기할 것이라고, 하지만 그대는 그런 나에 의지를 처참히 부숴버렸고 내 안 깊숙이 들어와 자릴 잡았다.

나 자신이 그대를 보고 싶다는 감정이 들었던 순간 나는 내 감정을 의심조차 할 수 없었다, 그토록 내가 바라오던 감정이었기에, 그것을 갈망해오던 나였기에.

나를 잊지 말아요

내가 사랑하는 사람아, 너무 애틋하여 만지는 것만으로도 사라질 것 같은 허상 같은 사람아.

내가 느끼는 이 감정들을 감히 글자로 표현할 뜻이 없다는 것이 너무도 서글프다.

우리에게 끝이 온다 해도, 내가 너를 만진 이 손길이, 네가 나에게 속삭이는 말들이, 수많은 시간을 거쳐 추억이 되어 버린 서글픈 아픔을.

먼 훗날 내가 나이가 들어 점점 잊혀 갈 때쯤 곱게 싸 놓은 우리의 사랑을 바라보고는 조금 슬퍼하며 당신을 위해 눈물을 흘리고 싶다.

장미 다발

길가에 빼곡히 피어있는 장미 한 송이를 손으로 뜯었더니, 그만 손이 베이고 말았다.

그런 나를 본 너는 다정히 나에게 혼을 내며 손에 반창고를 붙여주었고 내 손을 걱정스럽게 바라보는 너를, 나는 바라보며 이런 말을 건네곤 했다.

"내가 다치면 언제든 반창고를 붙여주러 올 거야?"

"응…. 그런데 또 다치면 그때는 안 부쳐줄 거야."
.
.
.

네게 선물할 장미 다발을 손에 꼭 쥔 채, 오지도 않는 너를 기다리는 나는 지금 너무나 많이 다쳤고 아프다.

내가 다쳤기에 오지 않는 것일까, 아니면 내가 그리 미운 것일까, 어서 나에게 와서 나를 안아줘라, 나를 아프지 않게 해줘라.

우리 함께 떨어지자

물고기의 아가미와 지느러미를 훔쳐 아무도 올 수 없는
저 바다로 도망갈까, 저기 저 날아다니는 새의 눈과 날개
를 훔쳐 저 닿을 수 없는 하늘로 도망가볼까.

날개가 부서져 추락하면 마지막 하늘을 바라보곤 눈을 감
자, 지느러미가 뜯겨 나가 더 이상 나아가지 못한다면 그
자리에 누워 지나가는 물고기들을 바라보며 마지막을 보
내자.

같이 푸른 것을 보며 살아가자, 더러워진 우리는 더 이상
살아갈 수 없으니 다른 이의 손과 발을 빌려서 도망가자,
더 이상 다른 사람들이 우리를 욕할 수 없는 곳으로 도망
가 서로를 껴안자, 우리 그렇게 사랑하자.

눈과 귀를 막은 채

계단을 무서워하는 나를 위해 손을 뻗어주는 네가 좋았
다, 머뭇거리는 나를 향해 손을 뻗고는 같이 발을 맞춰주
는 네가 나는 어찌나 사랑스러웠는지.

네가 미워져 혼자 돌아가 걸어가는 날에도 너는 나를 향
해 손을 뻗어 나를 붙잡아주었다, 바보 같은 사람아, 내가
너를 향해 욕을 퍼부으면 너는 나를 두고 가야지, 왜 나
에게 손을 뻗어 나를 잡아주는 것인지.

그리 다정한 네가, 사랑스러운 네가, 내게 아직도 생생하
게 남아 있다, 혹여 잊어버릴까, 허상이 되어버릴까, 수많
은 나날을 너를 그리워하며 보내고 있다.

네 손을 맞잡고 싶다, 못난 나를 안아주는 네가 필요하다.

내겐 사랑만을 속삭여 줘라.

내가 너 아닌 다른 사람에게 사랑을 속삭이는 것이, 상상이 가지 않는다, 우리의 세계에 서로가 아닌 다른 사람이 들어오는 것이 나는 아직 믿을 수 없다.

너는 상상할 수 있을까, 네 곁에서 사랑을 속삭이는 게 내가 아닌 다른 사람이란 것이 너는 정말 상상할 수 있냔 말이다.

나는 보이지 않는다, 아무리 보려 해도 네가 없는 미래가 그려지지 않는다, 너는 내가 없어도 괜찮은 것인가, 정말 내가 없어도 괜찮은 거냐고 물었다, 내가 듣고 싶지 않은 답을 나에게 속삭일 거면 차라리 아무 말도 하지 말아줘라.

네가 나에게 속삭이는 것을 그리도 슬프게 만들지 말아줘라, 나에겐 사랑만을 속삭여 줘라.

노란 튤립

내가 물었다, 그리도 나를 못 잊고 힘들었으면 나에게 얘기라도 해주지, 왜 아무 말도 하지 않았냐며, 그러자 당신이 대답했다.

"네가 꼭 돌아온다고 약속했잖아, 나한테 노란 꽃다발을 들고 온다고 기다리라고 말해줬으니까, 네가 보고 싶어도 나는 계속 기다렸어."

어떠한 말도 꺼낼 수 없었다, 나는 다시 한번 나에 대한 혐오감이 몰려왔다, 나는 그런 약속을 입에 담고는 잊어버렸다, 울고 있는 너에게 그런 잔인한 말을 해놓곤 나는 잊고 있던 것이다.

내가 당신에게 약속했다, 내가 꼭 다시 돌아오겠다며, 돌아올 때 노란 꽃다발을 손에 쥐고 당신에게 다시 사랑을 고하겠다고.

나는 나 자신을 용서할 수 없다, 당신에게 아무리 애원해도 나를 봐줄 일은 없었다, 나는 당신에게 지키지 않을 약속을 쥐어놓고 지금 그 죗값을 치르고 있다.

당신이 행복했으면 좋겠다, 아무것도 할 수 없는 내가 바랄 수 있는 것이, 당신의 행복을 비는 것밖엔 할 수 없다.

파도가 되어 당신을 마주해야지

바다에 들어가 내 몸을 흩뿌려 놔야지, 나는 그곳에서 유영한 채 언젠가 당신을 만나는 날을 기다리며 살아가야지.

나는 지은 죄가 너무나 크기에 살아있기가 너무 벅찹니다, 그러니 내 몸을 끌고 가 저 바다에 내 몸을 담가 살아가려 합니다.

당신이 어디를 가더라도 내가 그곳으로 흘러가 작게 남아있는 눈으로 당신을 바라보곤 조금 더 아파하다 가겠습니다.

죽고 싶어질 때 바다를 찾아와 주세요, 내가 물살을 따라 파도를 치며 당신에게 작은 달빛과 위로를 건넬 테니.

나를 바라봐 주세요

우리 같이 천사의 날개를 뜯어 하나씩 나눠 가질까, 그리고는 우리의 등에 날개를 달아 날아가 볼까, 우린 날지 못한 채 추락하겠지만 같이 가질 수 없는 것을 탐해 보자.

천사는 우리의 곁에 오지 않으니, 차라리 다른 이에 곁으로 떠나지 못하도록 날개를 뜯어버리자, 그리고는 나와 함께 벌을 받으며 살아가자.

뜯어진 날개를 쥐고 함께 도망가자, 우리에게 오는 죗값을 피해 멀리 떠나 살아가며 우리 함께 죄인으로 아름답게 살아가자, 이 세상에 너와 나 이외엔 우리를 이해할 수 없는 사람이 되어 나와 마지막을 보내며 살아가자.

날개가 뜯어진 천사들이 우리를 찾아다니도록 우리 많은 죄를 짓고 살아가자, 마침내 수많은 천사가 우리를 찾아오면 우리는 웃으며 그들을 반기며 껴안고 눈을 감자.

우리는 약속의 입맞춤을 했고

서로의 얼굴에 입을 맞대어 훑어보자, 언젠가 눈이 멀어 앞이 보이지 않게 되어도, 입맞춤으로 서로를 알아볼 수 있도록, 서로의 얼굴을 기억하자.

진실만을 바라보지 않는 우리의 눈과 귀는 믿을 수 없으니, 우리가 그토록 맞춘 입술로 서로의 얼굴을 기억하자, 내가 당신의 얼굴을 기억하지 못한다고 하여도, 당신의 목소리를 잊어버려도, 눈과 귀를 막은 채 서로를 찾자.

당신의 온기를, 그 따스함을, 나는 알 수 있다, 나와 함께 입을 맞추었던 그 입술은 오롯이 나만이 알 수 있다.

서로의 얼굴을 찾은 뒤에는 차가운 손끝으로 내 뺨을 어루만져줘라, 그리고는 내 눈물을 닦아줘라.

죽어있는 내 몸에 입을 맞춰줘라.

너의 입을 맞추어 나에게 숨결을 불어줘라, 너로 인해 내가 살아갈 수 있도록.

눈을 뜨고는 처음으로 바라본 풍경에 네가 있기를, 우리 함께 동화를 만들어 가자, 그리 아름답지 않겠지만 너와 내가 발을 내딛는 모든 곳이 그림이 될 것이고 영화가 될 것이다.

서로에게 입을 맞추며 서로를 살게 하자, 서로가 사라지면 우린 다시 눈을 감자, 우리의 동화는 아직 끝나지 않았으니, 나와 손을 맞잡고 저기 저 절벽에서 같이 춤을 추자.

우리 한번 서로의 주인공이 되어보자.

당신이 악마가 아니길 바라왔다

당신과 입을 맞출 때면 너무나도 달콤해 녹아 없어지는 것이 아닐까 하며 웃었다.

악마의 키스는 달콤하나, 나를 나락으로 떨어뜨린다고 하던데 당신이 그 악마였던 것일까, 나는 지금 나락으로 떨어져 몸을 겨눌 수 없다.

악마의 키스는 왜 그리도 달콤한지, 잊으려 해도 자꾸만 바라게 된다, 당신이 악마가 아니었다면 나와 같이 나락으로 떨어져야지, 나는 왜 지금 홀로 이 밑바닥에 떨어져 있는가.

새도 두려움을 느낀다.

저 하늘을 누비는 새조차 하늘을 날아가는 것을 두려워한다고 하는데, 내가 떨어지는 것은 얼마나 두려울지.

너와 손을 맞잡은 채 떨어지면 두려워하지 않고 떨어질수 있을까, 낭떠러지에 두려워 뒷걸음질을 치면 네가 내손을 붙잡고 웃어주길 바란다.

그럼 나는 너와 손을 맞잡고 너를 바라보며 떨어질 수 있을 것 같다, 설령 두렵다고 한들 너와 함께 마지막을 장식하려 한다.

처염한 당신

저 강가에 피어난 연꽃을 바라보며 걸을까, 저 커다란 나무를 보며 사랑을 속삭일까, 저 아름답게 피어난 꽃밭에 누워 같이 별을 바라볼까.

달빛에 비쳐 빛나는 너의 눈동자를 보고 싶다, 서늘한 바람으로 차가워진 손끝을 같이 맞잡고 입을 맞추고 싶다, 나와 함께 사랑하자, 나랑 같이 저 수많은 아름다움을 눈에 담으며 살아가자.

우리 그렇게 사랑하며 살아가자, 그러니 내게 와주면 안 되는 걸까, 너무 큰 소원인 걸까, 너 없이는 저 아름다운 것을 내 눈에 다 담지 못한 채 쏟아버리고 말 텐데, 나에게 와줄 순 없을까.

겨울의 추억

여름에 만난 너와 그런 약속을 했었지, 겨울이 되면 꼭 같이 뜨거운 호빵을 둘이 나눠 먹자고.

별거 아닌 저 약속은 이루지 못했던 나의 소원이었지, 너와 사랑하다 보니 어느새 겨울이 찾아왔고 호빵 기계가 나오는 것을 기다리며 우리는 설레했다.

작은 골목 계단에 앉아 뜨거운 호빵을 나눠 먹으며 우린 세상을 다 가진 듯 웃었던 날이었다.

홀로 겨울을 맞는 나는 호빵을 먹지 않게 됐다, 바라만 봐도 네 생각이 나기에, 저 호빵을 먹으면 나는 눈물을 참을 수 없을 것 같았다.

여름에 만나 봄에 헤어진 우리, 그래서인지 많은 계절을 보내 봐도 네가 따라온다, 그중에도 내 소원을 이뤄줬던 겨울이 오면 자꾸만 가슴이 아려온다.

다시 듣고 싶은 환청

당신이 좋아하던 노래를 부르다 귓가에 당신의 목소리가 들려왔다, 나와 같이 노래를 부르던 그 목소리가.

놀란 것도 잠시 그 목소리가 사라질까 두려워 울며 노래를 끝까지 불렀다, 너와 같이 노래를 부르는 것만 같아 노래가 끝나가는 것이 너무나 원망스러웠다.

분명 너의 목소리였다, 내 곁에 있는 것만 같았다, 내 귓가에 분명하게 들려왔다, 노래가 끝난 후 숨을 쉬기가 힘들어 가슴을 부여잡고 한참을 울었다.

너의 목소리가 듣고 싶어 다시 노래를 불러봐도 너의 목소리는 들리지 않았고, 나는 홀로 우리가 같이 부르던 노래를 불렀다.

내가 미쳐 환청을 듣는 것일지 몰라도 다시 한번만 그 환청을 듣고 싶다.

너무나 빛나던 우리

글을 적어 내려갈수록 너와의 추억들이 뚜렷하게 전달해 온다, 우리가 사랑한 날들이 너무나 선명하게 보인다.

다시 바라보아도 너무나 아름다웠던 사랑이었다, 너의 웃는 얼굴이 자꾸만 떠오른다, 너의 얼굴을 보고 환하게 웃던 내가 자꾸만 생각이 나, 가슴 한쪽이 너무 아려온다.

그때의 우리가 너무 빛났던 탓일까, 지금의 나는 자꾸만 어두워져만 간다.

우리의 끝이 좋지 않았어도 우리의 추억이 너무나 예뻤기에, 나는 우리의 사랑을 욕보일 수 없다.

나를 가져가요

당신이 나에게 물었다, 자신을 얼마나 사랑하냐며, 그리곤
나는 대답했다.

"당신을 바라보는 내 눈이 좋다면 내 눈을 먹어도 좋아,
당신을 만지는 이 손이 좋다면 내 손을 잘라가도 좋아,
내 몸을 다 가져가도 마지막 남은 입으로 나는 당신에게
사랑을 속삭일 거야."

사랑을 속삭이고 입을 맞추는 입만을 빼고 나는 모든 것
을, 당신에게 줄 수 있다고 말했다.

네가 있어야 나를 본다.

너의 눈동자에 비친 나를 보고 싶다, 너를 바라볼 때의
나의 표정이 어떤지 궁금하다, 주변 사람들은 너를 바라
보는 나의 모습이 너무나 행복해 보인다며 얘기해주었다.

너는 나에게 그랬지, 너를 바라보는 나의 모습이 너무 예
쁘다고, 나에게도 보여주면 안 될까, 네가 내 곁에 없으면
너의 눈동자에 비친 내 모습을 볼 수 없으니, 이리 내 곁
에 와서 그 예쁜 눈으로 나를 바라봐 주라.

내 세상이 무너진 날

당신과 다투고 나를 다시 만나러 온 당신이 좋았다, 머뭇
거리며 말을 못 꺼내는 모습에 당신의 눈을 쳐다봤더니,
애석하게도 헤어짐 밖에 보이지 않았다.

부정했다, 내가 본 것은 거짓일 거라며, 부정하고 부정하
며 당신을 붙잡고는 화를 냈다, 무슨 말을 하러 온 것이
냐며, 생각하는 그 말을 어서 꺼내 보라며.

내가 본 것을 부정하기 위해 애절하고 애처롭게 소리쳤
다, 아니어야 했다, 그럴 수 없었다, 그런 말을 내게 전하
러 온 게 아니어야 했다.

그 끝내 당신은 나에게 헤어짐을 고했고, 나는 내가 바라
본 것이 확실해졌다.

그렇게 내 세상은 무너졌다.

당신의 날개엔 무엇이 담겨있을지

바람에 찢길 듯이 얇은 날개를 지니고 나에게 다가와 준 당신을 어찌 안아야 할지 몰라, 얼굴만을 어루만졌습니다, 내 손을 잡고는 같이 날아가려 하는 당신을 나는 따라갈 수가 없었습니다.

천사의 날개를 훔친 나는 뜯긴 날개로 날아갈 수가 없었기에, 먼저 홀연히 떠나는 당신의 뒷모습만을 바라봤고, 나를 그리워해 다시 돌아오진 않을까, 하며 그 자리에 앉아 하루하루 당신을 기다립니다.

겨울이 다가와 당신이 사라질까 두려워하는 나를 위해 눈을 감을 때 나에게 당신의 날개 한쪽을 뜯어 보내주길 바랍니다.

날개를 지닌 당신은 아름다움을 담은 나비였을까, 더러움을 담은 나방이었을까, 나는 그 무엇이든 당신을 여기서 기다릴 테니 날지 못하는 나에게 날개를 보내주세요.

우리는 같은 시선으로 바라보자

겨울은 너무나 아름다운 계절, 서로의 온기를 그 어느 때보다 뚜렷하게 느낄 수 있는 계절.

그래서인지 네가 없는 겨울은 너무나 춥고 외로운 것일까, 세상이 하얗게 덮이는 풍경을 같이 바라보는 것이 너무나 행복했었는데, 혼자 저 풍경을 바라보는 것이, 너무 가슴이 시리지만 그 아름다움이 나를 위로해 준다.

너도 나와 다른 장소에서 저 하얀 눈을 보고 있겠지, 나는 그럼 그것으로 충분하다, 우리가 같은 풍경을 바라보고 있는 것으로 나는 당신의 온기를 느껴보려 한다.

같은 시선으로 다른 곳에서 서로를 그리워하자.

나는 그런 당신을 사랑했는데

당신은 나를 사랑하지 않았다, 당신의 눈엔 내가 없었고, 텅 비어있는 채 나에게 입을 맞추고 사랑을 속삭였다, 나는 그런 당신을 놓아줄 수 없었기에, 사랑을 속삭였다.

미련하고 불쌍한 자신이었다, 술을 마시고 취하지도 않은 당신을 집 앞까지 데려다주던 그 날 당신은 나에게 다시 사랑을 속삭였고 나는 대답했다.

"사랑하지 않잖아, 날 원하지 않잖아, 나에게 왜 사랑을 속삭여, 왜 내 사랑을 짓밟아."

당신은 그 말을 듣고는 "그러게" 라는 한마디를 남기고는 돌아갔고, 나는 다음날 그 말들이 꿈이라고 믿고 싶어 당신에게 이상한 꿈을 꿨다고 얘기했다.

너무나 잔인한 당신은 꿈이 아니라며 나에게 말하며 떠났다, 나를 이용해도 좋았다, 사랑하지 않아도 좋았다, 차라리 달콤한 거짓말을 속삭여 주지, 끝까지 나를 이용해 버리지, 나는 그런 당신을 사랑했는데.

소유욕

당신은 나를 소유하고 싶어 했다, 그 누구도 바라보지 않고 자신만을 위해 계속 사랑을 갈구하길 바랐지, 나는 그런 당신이 참 애달파 보였고 한편으론 그런 당신을 사랑했다.

나는 그런 당신의 바람을 들어줬다, 당신의 품을 원했고 사랑을 갈구했다, 그런 식으로 자신을 사랑해주길 바라온 당신이었으니, 참으로 외로운 사람이었다, 내가 당신을 사랑하지 않는다며 떠난다면 당신은 나를 붙잡고 애절하게 사랑을 속삭일 것을 알고 있었다.

자신의 감정의 솔직하지 못한 당신이 어찌나 사랑스럽던지, 그래서 나는 당신을 떠났다, 나에게 안겨 오는 당신이난 좋았다.

당신은 내가 없으면 살아가지 못했으면 좋겠어, 나를 잊고 살아도 내가 안아준 품을 그리워하며 살아줬으면 좋겠어, 그렇게 나를 미워하고 사랑해주길, 언제까지고 나를 원망하며 기억해주길.

축복받지 못한 사랑

서로를 원하고 탐하며 살아가자, 서로의 채취를, 더러움을
묻히며 살아가자, 우리만 알아들을 수 있는 사랑을 속삭
이자, 남들이 들어도 알 수 없는 말들을 속삭이며 살아가
자.

모두가 욕하는 우리는 그렇게 애달프고 애처롭게 살아가
며 사랑을 속삭이자, 그것이 우리가 사랑하는 방식이니
부끄러워 몸을 숨기지 말고 저들 앞에서 춤을 추며 살아
가며 서로를 바라보곤 웃음을 띠워 살자.

작가의 말

많이 부족함이 많은 제 글들을 읽어주셔서 감사합니다, 다른 이에게 보이지 않는 우울을, 들리지 않는 이 소음을 담아내고 싶었습니다, 누군가를 갈망하며 사랑을 속삭이는 모든 아름다움을 담아내고 싶었고, 그 안에서 상처받는 나와 같은 사람을 위해 글을 쓰고 싶었습니다, 모든 시들어가고 우울한 것은 너무나 아름다웠기에, 나라도 내 안에 있는 우울을 사랑하려 합니다, 아무도 바라보지 않는 나의 외로운 우울을 저는 미워할 수는 없습니다, 그러니 나라도 사랑을 속삭여 이 글의 담아 이 글을 보는 당신께 전합니다.